中學生文學精讀・小思

樊善標　陳子謙 編

JPC

責任編輯　　張軒誦

書籍設計　　任媛媛

書　　名　　**中學生文學精讀‧小思**

編　　者　　樊善標　陳子謙

出　　版　　三聯書店（香港）有限公司

　　　　　　香港北角英皇道 499 號北角工業大廈 20 樓

　　　　　　Joint Publishing (H.K.) Co., Ltd.

　　　　　　20/F., North Point Industrial Building,

　　　　　　499 King's Road, North Point, Hong Kong

香港發行　　香港聯合書刊物流有限公司

　　　　　　香港新界荃灣德士古道 220-248 號 16 樓

印　　刷　　美雅印刷製本有限公司

　　　　　　香港九龍觀塘榮業街 6 號 4 樓 A 室

版　　次　　2019 年 11 月香港第一版第一次印刷

　　　　　　2023 年 4 月香港第一版第三次印刷

規　　格　　特 16 開（150 × 210 mm）168 面

國際書號　　ISBN 978-962-04-4553-8

2019 年，攝於香港中文大學圖書館。（蘇偉栴攝）

1 | 3
2 | 4

❶ 2013 年，攝於台灣高雄機場。
❷ 2016 年，攝於香港中文大學圖書館。（陳寶玲攝）
❸ 2017 年，攝於香港中文大學圖書館。（陳寶玲攝）
❹ 2018 年，攝於香港中文大學圖書館。（陳寶玲攝）

目錄

前言 ── 散文家小思

這本選集的主角，很多人尊稱她小思老師 ── 一位誨人不倦、任重道遠的「縴夫」；[1]也有不少人叫她盧瑋鑾教授 ── 著名的中國現代文學和香港文學研究者，以廣蒐資料、無私分享為學術界所敬重；有些人更知道她不僅蒐集嚴肅的學術材料，也對睡貓、火柴盒、店舖名片等零零碎碎的玩意物件興趣甚濃。這樣一位品格、學問、情趣俱全的長輩，誰要是細心聽她一席話，必然獲益非淺。但這不是本書以她為主角的原因。

小思，本來是一位作家的筆名。小思的散文專集和選集，在香港和外地都出版了多種，她有好幾篇作品給選進教科書裏，我們對她並不陌生。可是談到小思的散文，論者往往只著眼於作者本身，例如：

> 小思的文章大體是平易、自然一路，一方面以恬淡的意興融入日常生活，另一方面則以靜觀人生的態度與紛擾的世間保持一定距離。這中間的分寸把握，不是寫作的技術問題，而由作者本身的品性所決定。[2]

乍看頗有道理，但是否太輕易地略過了幾乎是常識的一點：散文是要寫出來的。也就是說，如果有另一個同樣兼具品德、學養、趣味的人，他的

作品會同樣精彩嗎？因此，對於小思的散文，我期待的是像下面那樣的評論：

> 作為良師，面對香港學生實況，使得她那一類文章涉事關理，雖欠恢宏，卻具體而又切到。作為藝術家，寫物寓情，因情顯理，或實寫，或虛擬，嚴謹而其實不乏神采飛揚，淡雅而並非絕無情懷激越；雖則其飛揚激越，寫來又帶點如朱光潛所説的「藝術的距離」，更增加意趣思理的韻致。[3]

> 她寫作既以訴諸學生與青年讀者開始，往後便一直保持那份慎重與謹嚴得稍帶矜持的文風。這當出自那潛移默化在她性情中的教育工作者的責任感。但她絕對不居高臨下，很多時與其説是教人，不如説是自勉自省。然而，這總不免多少妨礙了現代意義的藝術家才情生命之全幅展開，或社會生活之多方介入。就這方面説來，小思甚有古風。她也就在她自己所選定的格局中，不斷追求，達到這一標格的完美，而成就了「君子之文」。[4]

既深入了解作者其人，也細心審視其文；讚賞作品出色之處毫不浮泛，又坦率指陳不足的地方。

的確，小思早期在《中國學生周報》的「路上談」專欄，即以老師身份和學生談心事，及後寫到中國現代作家、香港舊地舊物、日本風俗文化種種話題，也都謹慎有據，不務空談，可見她充分意識到身為教師、學者的重責。這種心態體現在表達方式上，是意旨清晰、理路嚴密、語氣凝重、行文規範。然而，儘管可以由人到文地討論小思的教師、學者身份怎樣影響了她的作品面貌，我認為還必須配合另一個重要的事實 —— 小思

的散文絕大部分發表在報紙的專欄裏 —— 來思考，才看得見完整的畫面。

小思寫作時間最長的專欄是《星島日報》的「七好文集」（一九七四至一九九九年），以及《明報》的「一瞥心思」（二〇〇五至二〇一四年）。「七好文集」由多人合撰，小思大約每週寫一篇，前後寫了超過二十五年；「一瞥心思」是個人專欄，每週兩篇，足足寫了九年。從作品數量和持續時間看，小思顯然還是一個專欄作家。

專欄散文在上世紀六十年代至九十年代的香港文學史非常矚目。我曾在別處說過：

> 香港專欄雜文的本質就是發表大大小小的意見。一群作者多則每天，少則每星期一、兩天，在報紙副刊固定的位置，以固定的篇幅，吐露他對生活見聞、本地社會、世界各地，甚至宇宙古今的意見。中外報紙副刊似乎很少以這樣的面貌出現，可是香港大概從六十年代以來，就以此為常態。九十年代中後期，連載小說在報紙上消失，專欄雜文依舊存在。魯迅在生時，有人稱他為「雜文專家」，香港專欄作者也不妨命名為「意見專家」。以雜為專當然是譏諷，「專家意見」和「意見專家」的顛倒，用意也如出一轍。旦旦而伐，「專家」的高見總有一天窮盡，然而讀者逐日追看，卻未必為了尖新見解、前沿知識。互聯網普及之前，雜文副刊提供了最平等的作者、讀者交往平台，儘管無法在版面上直接發言，讀者的反應仍能影響作者的去留。於是交朋友取代了載道、言志，成為專欄的慣常語調，「讀者」也逐漸變作「讀友」。孔子說交友之道貴乎友直、友諒、友多聞，但要勞煩聖人垂教，必然因為一般人少有這種上進心吧。這裏且不談直和諒，多聞如果欠缺趣味，恐怕不能讓讀者滿意，因此雖然隨着教育普及，出現了以專業標榜的專欄作家，如醫藥、法律、廣告，但大眾趣味仍是先決條件。

八、九十年代專欄雜文之盛，甚至觸動了學術界。一方面學院中人兼寫專欄蔚成風氣，另一方面好些學者力倡以專欄雜文作為香港文學的代表。後者與香港身份的自覺及危機密切相關，當時的想法在今天自可批評有各種不足，但嘗試提出另一種欣賞文學的標準，終究有積極意義。專欄的淺薄、粗糙、功利，與率真、敏捷、入世只是一線之隔，到最後也許仍得回到誰寫（作者才性）、誰讀（讀者口味）的老生常談。[5]

按上面的定義，專欄散文的字數規限、發表頻率優先於作者的靈感、意念。有話要說，必須不多不少恰好填滿一欄；無話要說，也得東拉西扯務求不開天窗 —— 不是一日如此，而是日日如此。寫專欄就像工廠接了訂單，必須按顧客要求依時供貨，專欄散文也就變成了一種商品。商品固然有高低端的分別，不同報紙、不同副刊的專欄也有文學品味的高下，但總體來看，報紙專欄面向普通的大眾而不是前衛的少數。這是就全職專欄作家來說，不以發表為生的兼職者當然有較大的自主權，特別是已有名氣的作者。在小思的例子裏，教師、學者與專欄作家的角色長期交疊，讓她確切明白到引發讀者共鳴的重要，敏銳地從日常生活、社會情景中發現題材，巧妙安排出人意表的切入手法，並磨練出在狹窄篇幅裏迴環深入的運筆本領。

這本選集嘗試用中學生看得明白的方式，介紹散文家小思和小思的散文。全書分為兩部分：上編「走近小思」聚焦於小思的教師身份和收藏嗜好，但用意不僅是說有這樣的一個人，而是從她怎樣看待學生和蒐集藏品，聯繫到她的寫作態度；下編「跟小思學寫作」以小思的作品為範例，從十二個方面談一些希望有助於同學寫作的道理。

基於本書的旨趣，我們無意展示小思散文的全部面貌。從前面的說明，讀者應該可以看出，我們最欣賞小思散文的情理兼備，莊重嚴謹，所

選文章也多屬這一類。小思還有數量不算太多的作品，或抒情氣息濃厚（如〈不追記那早晨，推窗初見雪⋯⋯〉），或結構敘事帶些試驗精神（如〈童玩〉），也酌量選入。後面這一類，不像常見的專欄散文，也許因為小思不是全職作家，也許因為她在文學界的地位，而可以偶然離開大眾習慣的口味這一點吧。

如果必須說小思散文也有「缺點」，我認為是兩類作品之間的聯繫應該可以多一點。似乎有兩個小思，一個慎重明智，是我們熟悉的小思老師和盧瑋鑾教授，另一個有時感情強烈，有時尖刻冷冽，幾乎無從預測，好像故意隱藏真貌。不無遺憾地，既可辨認出老師、學者的身份，也流露較多個人感性之作，卻較少遇見（例如「莊諧偏重」一輯選入的）。不過正如上面黃繼持教授所說，小思「在她自己所選定的格局中，不斷追求，達到這一標格的完美」，這種自覺、清醒，我深信是一位出色作者最寶貴的質素。

樊善標

二〇一九年八月三十一日

〔1〕 小思在二〇〇三年接受香港教育學院（香港教育大學的前身）授予「傑出教育家獎」，以〈縴夫的腳步〉為題在頒獎禮上演講。文章收入《縴夫的腳步》，香港，中華書局（香港）有限公司，二〇一四年。
〔2〕 李慶西〈序〉，央然編《小思散文》，杭州，浙江文藝出版社，一九九五年。
〔3〕 黃繼持〈就「香港性」略談小思的《承教小記》與西維的《合金菩薩》〉，《寄生草》，香港，三聯書店（香港）有限公司，一九八九年。
〔4〕 黃繼持〈君子之文 —— 試談小思散文，以《承教小記》為主〉，同上書。
〔5〕 樊善標〈舊日 decent —— 讀伍淑賢《夜以繼日》〉，伍淑賢《夜以繼日》，香港，文化工房，二〇一七年。

走近小思

一、活的一課
——走近學生的老師

【題解】

在小思的幾個社會角色 —— 教師、作家、學者 —— 裏，最為人熟悉的，當然是第一種，小思本人也最珍惜她的教師身份。要走近小思，我們應當先了解這位「小思老師」。

小思談教育的散文很多，由教育精神、教育家到教學方法、教育政策、教科書……，可以編出一本有份量的文集。本輯聚焦於小思怎樣看學生，因為我們相信這是了解小思教育理念最直接的方法。當學生嘗試走近小思，他們會發現小思也在走近學生。對，是走近，而不僅僅是在課室、講堂裏教書。小思走近學生，是為了一起在人生路上學習活的一課。

本輯共選文六篇，由上世紀六十年代到新世紀的二○一二年，可以代表小思大半輩子對學生的觀感。〈為甚麼路上談〉和〈活的一課〉發表於《中國學生周報》第八百七十九期（一九六九年五月二十三日）、第八百八十八（一九六九年七月二十五日），當時小思任教中學，以中學教師的身份和主要是中學生的讀者交流。〈師徒關係〉和《赤鬍子》精神發表於《星島日報》的「七好文集」專欄（一九九一年六月二十四日至

二十五日、一九九八年三月三十一日至四月一日），兩篇文章談師生之間應該建立怎樣的關係，隱然回應〈為甚麼路上談〉提出的問題。〈赤子護法〉和〈路途艱辛〉發表於《明報》的「一瞥心思」專欄（二〇一〇年二月二十八日、二〇一二年九月八日），表達了對學生和年輕世代的信心，延續了〈活的一課〉的主旨。

【文本】

為甚麼路上談

　　我一直相信，青年人有許多話要說要聽。但除了大夥兒上天下地嘩啦大談一頓外，總有些話只想向比自己年紀長的人說。可是，爸媽又不慣做聽眾，哥姊又自顧不暇，於是，話都吞回去，化成一股悶氣。

　　我當上教師後，便自告奮勇，要作青年人的好聽眾，也想從了解中，告訴他們許多應聽的話。好啦！一大堆傻得可以的事情就出現了。首先，我安排班裏的同學，按天來到教員休息室和我談談。你猜，我這番好意惹來甚麼後果？膽子小的，聽見「召令」一下，早已魂飛魄散，待得進到休息室坐下，已變成個啞吧，全部採用點頭搖頭代替一切言語。到頭來，我就像個自說自話的傻瓜。膽子較大的，老早準備一套「官式」答話，在應對如流的局面下，我卻一無所得。有些倒願吐吐苦水的，但大概觸到傷情之處，話還未說，淚水早就流呀流的，旁人看來，活像我在用酷刑逼供。時間花了不少，學生如獲大赦般走開了，我說的話一句也沒聽進去。而當我苦着臉，感到吃力不討好的時候，往往還會聽到人家問一句：「鬧完人嘩！」禁得住不生氣才怪！幸而，時間作了最好的見證。慢慢，我對

學生了解更多，而學生也開始相信我了。我們談及許多問題。可是，始終還是覺得有些不對勁。毛病在哪兒？我也想不透。

一天放學的時候，有一位同學跑來説有些事要跟我談。我也依照慣例請她坐下。奇怪！她坐了老半天，卻開不了腔。最後，看來還是用了很大的努功，才拼出幾句話來：「唉！一坐下來，就有去看醫生的感覺，也像受審的味道。先前滿肚子話，都逃得無影無蹤。」噢！我完全明白了，原來毛病就在場面太嚴肅，欠缺許多自然氣氛，人家要對我説的話被冷得凝住了。我那本來要人聽聽的意見，也生硬得有如一堵牆，她們無法投進去，得不到甚麼效用。於是我連忙帶她到植物公園去，這才發覺，路上談，再自然沒有了。

現在，在我們的面前，還有一段路要走。這段路説長不太長，説短也不太短。有時也許會寂寞些，想找個聲音，就讓我們結個伴兒，一同上路吧！在麗日藍天之下，淒風苦雨之中，邊走邊談，不要太嚴肅，卻得誠懇。讓我們「路上談」，談我們關切的要幹的事！

活的一課

一個很晴朗的下午，我跑到淺水灣去，不是游泳，不是旅行，而是，上了活的一課。

是開放日，但這所學校卻沒有擺設些甚麼，至低限度沒有堂堂皇皇的「圖文並茂」場面。大概我是去遲了點，打正門進去，沒有招待人員列隊歡迎或來賓簽名儀式，冷清得連校役也沒個，使我冷了半截。好容易才打聽得人們都在禮堂裏，於是轉彎抹角總算到達禮堂 —— 的後台。哈，你説奇怪不？我竟會跑到人家的後台去。在那兒正站着一群十一二歲的小孩子，等着出台表演。可是，也許他們不想錯過看別人表演的節目，於是

嚷着要老師把通往前台的小門打開，好讓他們能探頭出去聽聽看看。職業本能使我反應得很快，立刻為那位老師設身處地想：唔！你們這班小鬼，門沒有打開，已經吵成這個樣子，打開了，還得了？一方面會影響台上表演的情緒，另方面你爭我奪去看，秩序如何維持？唔！好啦，既然這樣熱情請求，就開吧。可是，你們得守秩序，你們得靜靜的，你們得……還要說？自然一大套「老生常談」的訓詞了。但令我既失望又驚訝的，那老師沒有如此做。只見她笑笑，然後簡潔地說：「開門，你們閉嘴。關門，你們談笑。二者任擇其一。」孩子毫不猶豫的選了前者，教師毫不猶豫的開了門，竟是如此爽快利落！這出乎意外顯然使我有點生氣。哼！毫無疑問是個初入行的教師！等着瞧，一會兒，學生不吵個半死才怪！就看看這活劇怎樣收科，這倒霉老師如何下場。可是，我老早準備好的那副「幸災樂禍」表情，始終沒派用場，因為自從那門開了，直至輪到孩子上台去的一段時間內，他們真的一聲沒響過。由於低估了教師的能力和學生的信用，使我滿懷咎歉。但我不能細想，必須趕快跑到台下坐定，斂神細看全由學生主持的遊藝節目。

原來，開放日的標題是：聯合國。不用圖文，卻由學生扮演各國代表，實實在在的開會、議事、表決。我正趕上看他們的閉幕儀式。台上表演的全是具有濃厚國家代表性的歌舞。只要看到那些簡單而不失真的節目，就知道一定多是孩子的傑作。背後沒有教師「嘔心瀝血」的監製和雕琢，一派純真、但又不失規矩的表演，使人看了，既佩服又開心。散會後，學生在動手執拾場地，沒有任何教師「指導」，他們的行動充份表現平日訓練有素。

真的，我上了一課。學生的能力是深藏而豐富的礦。必須先信任他們，讓他們也建立自信。到時候，會發現他們好上自己十幾倍。但對於長久在老師「提携」下的學生，要信任，放手讓他們自己幹，而又不出亂子

的，那還要付出很多的耐心和時間。

最近，有機會讓我實習這學到的一課，我願「信任」使我的學生學得更多，做得更好！我願「信任」使我更能欣賞和了解他們！我願我不會失望！

師徒關係

說我保守也好，執迷不悟也好，多年來我一直嚮往幾種師生關係──嚴格說應是師徒關係。說起來卻可笑，有一種思想不來自教育學派理論，也不來自實際的教學經驗，而是來自武俠小說和武打電影。

從小時候聽的廣播小說：方世玉、胡惠乾進少林寺拜師學藝，到看張徹、劉家良、成龍、洪金寶所拍的許多武打電影，都有我醉心的師徒關係。

首先說師。為師的自然武藝高強，可是多不露相，不是一面嚴霜，就是瘋瘋癲癲。對待學生的態度，也不見得溫柔敦厚，從開始，就有點不問情由，既不講道理，也沒有規定課程，只見他，不斷地用種種辦法折磨徒弟：上山斬柴、下廚燒火，已經等閒，更甚的頂缸紮馬、倒吊日曬，完全跟要學的武藝拉不上關係。有時更用莫名其妙的方法，把徒弟折騰得死去活來。聽眾觀眾很為徒弟不值，但不必着急，因為流水落花，一晃幾年過去，為師的忽然一日，就把畢生絕技，在指點之間，毫無保留授予門徒。而過去的所謂折騰，原來是基本訓練，順便測試徒弟品與耐力。

再說徒弟。最初可能傲氣不群，或者不分好歹，但後來看到老師真功夫，佩服得五體投地，便苦苦求入師門，可是師傅拒人千里。徒弟倒忠誠一片，趕也不肯走開，終於感動了老人家。當徒兒的，甚麼苦差都得拼命去幹，老師忽冷忽熱，罵的時候多，怪脾氣難於應付。但為了學藝，咬

緊牙不出一句怨言。如此這般，竟然就盡得真傳了。

從此，師徒心藝相通，江湖行走，再不相忘。

另一種思想則來自《論語》與《聖經》，也就是孔子、耶穌與他們弟子的關係。

兩位聖者有許多相似的地方，他們都沒有固定的課室，都沒有固定教學法，課程可以說有，又可以說沒有——孔門四科四教、耶穌對人生的終極關懷，為求永生等等，好像是課程，但都從人生目的作考慮，很難當成甚麼課程。他們一般受教者眾多，可是得其精髓的卻不多，孔子七十二門人，耶穌也不過門徒十二。孔子有心愛學生顏回不幸短命死矣，耶穌有個近身而出賣自己的猶大，都是為師者的憾事。他們坐而論道，起而身體力行，最後各自成就大事業——不朽。

我嚮往的卻是他們的師徒關係。

為師的帶着願意隨行的弟子，走遍天涯，一飲一食、苦難危厄與共。共同生活，最騙不了人，如何完美的人，起居小節，最易顯出瑕疵，但也最能顯出個性。英雄聖者慣見了，追隨者仍覺得不尋常，在理解其瑕疵後，仍能從其一言一行中，學到大道理大學問，這就是人生教學。為師的也明白弟子優劣，隨時隨地，因材施教。孔子對弟子，有「吾與點也」的認同，也有「朽木不可雕」的責備，耶穌坦率說出「你要三次不認我」的警告，也毫不保留地稱讚「是點着的明燈」。這種種授受關係，包含了個性的認識、感情的交融、諒解與忍讓、學問思想的傳遞……都不是一本書可以記載。

川上山上，老師都有過寂寞無奈的試探。門徒從師學藝，從無到有，過程中也得付出很多，不是平白呆坐，等待飼養。師徒在生活中，完全授受的偉大歷程，真是何等美妙！

《赤鬍子》精神

杜杜説起三船敏郎來，自然也提起黑澤明，惹起我一連串回憶。

我不會忘記他們二人合作的《赤鬍子》，對我的教育工作態度有多大影響。

這套電影拍成於一九六五年，大概到六六、六七年以後，才在香港放映，那正是我投身教育工作的始點。當時的學生當然沒有現在的那麼複雜、那麼多問題，但一代有一代的困難，對初入行的年輕教師來説，總會面對一些難以應付的問題學生。愈是熱誠，就愈容易遭意想不到的冷水潑得身心俱冷，滿以為自己付出足分，到頭來學生卻全不接納，甚至曲解好意，這樣情況遭到無數次，就難免洩氣。我就是在這種情況下，洩了氣。

剛入行就洩氣，這危機令我很恐懼，後頭的日子正長，除非我改行，或像一些看化了的同行，成了老油條度日，否則，我必須自救。教育學院課程沒有教我怎樣應付這種心理危機，那時候還年輕的我真是求救無門。自問又真的熱愛教學，給少數甩開餵藥的手的學生弄得我放棄，未免心有不甘，怎樣辦？這幾乎是我天天撫心自問的問題。

就在這時候，黑澤明導演、三船敏郎演的《赤鬍子》在香港上映，其中一個情節給了我極大啟示，有如救生圈，借了力，我總算「得救」，到今天，在教學途上，每遇甩開我的手的人，我總會想起電影裏三船敏郎扮演的「先生」。靠一套電影來作救生圈，看來有點幼稚可笑，但對我來説，這是事實。這電影重映的機會不多，於是，我買了一套錄影帶放在家裏，作為心理療劑。

《赤鬍子》裏，三船敏郎飾演的醫生，是個沒有笑容、兇得像個汪洋大盜的老師 —— 既是醫生，又是醫學教師，他收了許多徒弟，邊行醫邊授徒。有一天，他從妓院裏救出了一個病重的雛妓，命令年輕醫學生負責

看顧餵藥。年輕醫生滿懷愛心不眠不休地照顧着小女孩，可是對人類失去信心的孩子，每一次都帶着仇視痛恨的目光，用力把送藥的手甩開，打翻了盛藥的調羹，無數次的惡意拒絕，令年輕醫生傷心頹喪，老師在旁看得清楚，一言不發接過了調羹，蹲下來、帶着微笑面對小女孩，這是他的學生和觀眾第一次看見他的笑容——一個汪洋大盜的臉上，有如春陽和煦的笑容，太矛盾了，很容易給人奸的印象，但三船敏郎演技在這刻發揮得十分出色，觀眾完全忘記他先前的黑口黑面、兇神惡煞的樣子。可是，女孩子並沒有領情，一次又一次用力推開老醫生的手，老醫生側着頭，笑容更和煦，一再送上藥匙，惶恐的孩子臉上仇恨顏色逐漸褪去，也側着頭看着老醫生，再試探性的推開調羹。今回用的力不那麼大，老醫生再送上藥的時候，終於她張開了口，吃了醫她身體疾病的第一口藥，同時也接納了治她心靈創傷的首服靈方。

那麼詳細敘述了上述片段，只因每一次想起連串鏡頭，小女孩推開藥匙的抗拒力度，和老醫生再送上一口藥的決心和艱難，那種感覺，三十年來，仍然沒有退減。赤鬍子精神，就是指這組鏡頭。

赤子護法

到屯門一家中學去參觀書展，聽說歷年辦得很成功，主要是中文科鮑老師親自去書店點書，不是胡亂讓書商取倉底貨來賣。學生也熱心買書，且全由他們主理，很成功把讀書、辦事、團隊生活結合在一個活動中。

意料之外，不是書展這個活動給我開眼界，而是親歷了一次令人感動、嚴正不阿的護法行為。

我跟賀校長邊談邊走向書展所在地，走到禮堂門前，順步見門便

進。在進門前，遠遠已看到門內旁邊坐着兩個學生，都在低頭看書，我正奇怪怎會坐在門旁讀書？人已走進門了，其中一個男生立刻站起來，哦！校長和來賓來了，學生站起來，很有禮貌，我這樣想。誰料，他很溫和地說：「校長，這是出口，請由入口處進來。」我真的錯愕了，認認真真看着他的臉。

是個中一小男生，眉清目秀的形容詞，用在他臉上，一點不過分。他溫和說了這句話後，也沒有多餘話說。我和校長趕快退出來，再從不及一步遙的入口進場。我們轉身去他身邊，都情不自禁地讚賞他的執法不阿態度，絕不因面對校長而容讓。

執法，公正嚴明，不因犯法人身份高下而異。護法精神在此。

讚賞這個孩子的行為後，我以成人心理思前想後，記住他那赤子之臉。忽然，泛起了難言鬱結。如果站在那崗位上的是我，校長與來賓這樣走錯路進入禮堂，而入口也不過就在旁邊，我會怎麼辦？我大概會笑了笑，打個招呼就讓他們進去，反正他們已經進了會場，不見得破壞甚麼法規，更可說小事一椿而已，何必犯顏叫大家下不了台。愈想我愈慚愧，也愈珍惜那中一學生的行為，赤子護法，難得啊！

路途艱辛

錢穆老師寫新亞校歌：「路遙遙無止境」，到今天，咀嚼了人生幾十年，方知這六個字飽含多少艱辛，也始體會「艱險我奮進，困乏我多情」十個字中，「我」字的前輩如何犯險除厄。

據當年錢先生教過的老學生回憶，錢先生堅信的是「入乎時代之中，出乎時代之上，才可見歷史真相」。故老師以一介書生，布衣終老，不肯投身政治。匡互生認為「我們堅信腐敗的教育不能解決糾紛的政治，糾紛

的政治，更不能改良腐敗的教育……對於教育有覺悟又抱決心的志士，在這積弊之下，不是感受處處牽制的痛苦，就是被熔化於這種洪爐烈焰。倘若我們還不及早從依賴官辦教育的迷夢中警醒，將來病根益固，恐至於無藥可醫的地步了。」我深信前輩所走路途萬分艱辛。

錢先生頂住或明或暗政治的干預，唐君毅先生數入港英官衙抗拒禁懸旗命令，都為了不使教育受政治掣肘。如今想起，他們路途艱辛得很。我們當學生的，朦朧迷糊地跟着他們走，並不曉得前輩艱險困乏。

今天，目睹年輕一輩，同樣走上一條艱辛險苦的路途，看着他們清純面目，在複雜成年人世界的糾纏中顯得更清純，我心很刺痛。對他們要面臨的困乏，我擔憂更多。

此際，已非三言兩語可以道盡我心中感受。僅借比我年輕的安裕文章〈感謝你們〉末段「你們以後的路途艱辛還多着，香港巔巔不平的不會少；把身體鍛鍊好，多些讀書閱報，多走多看，擴闊視野。你們還年輕。」向你們致意。

【賞析】

〈為甚麼路上談〉寫於小思當教師的早期。年輕的小思本着一腔熱誠，努力聆聽學生的心聲，但在教員室會面，總像有一堵無形的牆，令學生不敢暢所欲言。小思想出了和學生去散步、邊走邊談的主意。路上談是她叩開學生心扉的辦法，也是她在《中國學生周報》一個專欄的名字，本文就是該欄的第一篇。小思的作家和教師身份互為表裏，吸引了不少學生讀者，以致大半年後小思因為太忙而停寫「路上談」，有讀者來信請她收回成命（見《中國學生周報》第九百一十九期，一九七〇年二月二十七

日，「大孩子信箱」專欄）。

〈活的一課〉也發表於「路上談」專欄。內容寫小思到一所學校看表演，但她沒有在禮堂裏看，而是跑到後台去。在那裏她遇見一群十一、二歲的學生，他們正等候出場，但不想錯過同學的表演，於是請求老師打開後台的門讓他們「偷看」。老師開出了要守秩序、保持安靜的條件，學生答應了，老師就如他們所願。小思大出意料之外，她從這件小事學會了要信任學生，放手讓他們成長。這是小思受教的一課，文中她把自己放在學習者的位置——老師也是學生。

〈師徒關係〉說小思從通俗的武俠小說和電影、《論語》和《聖經》之中，都得到師徒關係的啟發。小思說，武俠小說和電影常常有這樣的情節模式：師徒經過一番互相觀察，才確認了彼此的關係，但這關係一旦確立，就「心藝相通，江湖行走，再不相忘」。至於《論語》和《聖經》，當中的老師（孔子、耶穌）和學生（弟子、門徒）苦難危厄與共，整個生活都是課程。小說、電影和經典的相通處，是師生經過深入相處，學識、個性、感情各方面都互相了然，不像現代的學校，師生關係完全出於制度安排，並非個人的意願。

〈《赤鬚子》精神〉也是談師徒關係。小思從黑澤明的電影《赤鬚子》得到堅守教師崗位的支持力量，明白到建立信賴關係的重要。三船敏郎飾演的醫生外表兇惡，但無比溫柔耐心地給一個受驚的小女孩餵藥，終於突破了她的心防，令她願意接受治療，也由此向他的徒弟示範了怎樣當一位稱職的醫生。只有一點令我不解：既然醫生這麼有愛心，為甚麼對徒弟完全不假辭色？難道是一種考驗，就像〈師徒關係〉所說的武俠電影模式？也許該把《赤鬚子》找來開開眼界。

〈赤子護法〉寫小思在一所中學裏遇到一位盡忠職守、連校長和貴賓都不予通融的初中學生。她當下大為讚賞，更「以成人心理思前想後」，

如果自己處在那學生的位置，恐怕不敢阻攔師長，所以譽之為「赤子護法」，向稚齡學生表達欽佩之情。此文遙遙呼應了三十多年前的〈活的一課〉。

小思在二〇一四年後不再寫專欄，〈路途艱辛〉是她三十多年「專欄生涯」晚期之作。本文回憶了匡互生、錢穆、唐君毅幾位前輩和師長竭力「入乎時代之中，出乎時代之上」的精神。年輕時候的小思不了解他們的艱辛困乏，數十年後，經歷了人生種種，回頭反省才有所體會。這時眼見年輕一輩也在艱辛前行，但他們更青春單純，小思不禁憂慮痛心，以祝福向他們致意：「你們以後的路途艱辛還多着，香港巔巔不平的不會少；把身體鍛鍊好，多些讀書閱報，多走多看，擴闊視野。你們還年輕。」（這幾句話引自一位香港作者安裕的〈感謝你們〉）路的意象令我們不禁想起「路上談」。小思對青年後學的期許和信心，在很多年後更形堅定。（樊）

二、有情的拾荒者

——日常生活的收藏家

【題解】

　　小思是著名學者，以爬梳文獻見稱，而她收集、整理方面的興趣和功夫，都可以追溯到小時候父母的影響。父親喜歡收藏小東西，母親喜歡剪報，小思把這些嗜好都承傳下來了。如果說剪報後啟了她的文學研究，那麼收藏小東西則和她的寫作精神相通。小思受訪時說過：「收集的東西不應用買的，應是來自平常生活。見到一些自己覺得重要又感興趣的東西，便留下來藏好，就此而已。」這些收藏品都是日常生活的旁證，對別人來說，或許只是沒用的破爛，卻盛載了小思的經驗、觀察和感情。她寫散文的時候，不也像個有情的拾荒者，興致勃勃地用文字收藏日常生活中的所見所感嗎？而在收藏與割捨之間的思考和掙扎，往往更見深情。

　　本輯選文三篇，呈現了小思的收藏興趣的緣起、她對收藏的情感以及收藏於她的意義。〈收藏嗜好〉發表於《明報》的「一瞥心思」專欄（二〇〇五年十月二十七日至二十八日），前篇追溯了作者收藏嗜好的緣起和習慣，後篇指出以情為基石的收藏都是可貴的，無情的炒賣並不可取。〈收藏〉和〈想吃一顆糖〉發表於《星島日報》的「七好文集」專欄

（一九九四年九月二十日至二十一日、一九八三年五月二十二日），兩文互有關連，前者勾勒了作者不同階段的收藏習慣，以及箇中的觀察和情感；後者描述了兒時收藏糖紙的方式和心態，以及長大後在懷念與割捨之間的複雜感情。

【文本】

收藏嗜好

我有兩種嗜好，分別承傳自父親母親。

父親好收藏，收得很雜，記憶中，家裏許多他自製的木箱，一箱箱疊起來，所藏的有銀幣、紙幣、郵票、小型舊銅器、陶瓷花瓶。看來他有點信手拈來，不太專一。也許我還是個小孩子，他沒對我說甚麼有關知識，但一年兩三次的打掃、執拾工作，必由我負責。母親好剪報，她只剪存時事新聞和中醫中藥資料。每天看過報紙，要剪貼的就用鉛筆做個記號，留待星期天，我來細做，按日期先後藏好，只有中醫中藥部分，是她親自處理。

不知不覺間，我也養成了這兩種習慣。

我的收藏也很雜，都是日常生活接觸得到，不必特別用錢去買的東西。收得最多是車票，電車巴士車票都有四個數目字，初中時我已收藏了許多四字相同的號碼、兩號兩號相連等等精品，也藏戲票、父親廢棄的馬票。可惜居處狹窄，又連年遷徙，搬家就得忍痛捨棄。不過，既已成習慣，便屢棄屢藏。到今天，我仍有藏物的「壞」習慣，前些年，收火柴

盒，由於禁煙，打火機方便，火柴不再流行了，我又整批送了給朋友。現在我正蒐集本地食肆、酒店的名片和牙籤袋。這最容易得到，又真多姿多采，更不佔地方。

我的收藏態度並不認真，跟父親一樣，玩玩而已，沒有研究，故成不了收藏家。

母親的剪報習慣，我也一直承傳下來。小學中學，我的時事剪報很得老師稱讚。不過，仍因佔地方太多，總是儲上幾年，就無奈扔掉。近三十年，我訂定了專業主題，全是香港文化、文學。有了專題，分類更細，找起來十分容易，但佔地也愈來愈多。幸而在我退休後，它們得到中文大學圖書館收容，才不致浪費。剪報，對我來說，最初只屬收藏嗜好，到後來，變成專業工作，已經不能叫做嗜好了。

在報上常見訪問各類物品的收藏家，我很敬佩他們的堅持。由於堅持，藏品積存豐富，繼而求知研究，往往因此成為該項藏品的專家。他們對某一種東西，不離不棄，認真地從中取樂，更會公諸同好，例如有人辦了間古董電風扇博物館，小小規模，仍見其情之切。最近我參觀了一位微型品收藏家的藏品，那精微巧妙，品種之多，造型非凡，真令我大開眼界。看她沉醉在每一藏品的神情、精研的態度，我知道嗜好已與她生命混為一體了。

從前我常鼓勵學生該養成一些收藏嗜好，只要不沉迷，總有「養志」的好處。可是近年所見，年輕一輩，瘋狂花父母的錢去買藏品，竟到了不擇手段程度。幾年前，我在青年留連的精品商舖外，看見大群小孩在炒賣閃卡，一個小學生對我說：「沒錢賺，藏來作甚？」不禁倒抽一口冷氣，原來他們的嗜好是賺錢，那還有何話說？

附：收藏：小玩意裏的人生哲學（節錄）

　　□：小思
　　○：樊善標

□：現在儲物的人都喜歡用金錢來購買心頭好，這可能也是一個收藏辦
　　法，但我常說，若是着重收藏的價錢，這興趣對很多人來說是應付不
　　了的。我近二十年來所儲的物品，大多都不用錢就能收集到，例如食
　　店名片和牙籤袋。

○：難怪每次跟您吃飯，您都要拿走食店名片和牙籤袋。

□：不吃飯的時候我也會拿！路過新開食肆，我都會進去取一張名片。那
　　些名片我現在再看，覺得十分感慨，因為許多店都不再存在了。我能
　　從它們看到整個社會經濟狀況和時代變遷。能利用自己收藏的東西，
　　來做些對社會有更深入理解的事，功利點說，是有好處的。

　　　　　　　　　　　……

○：收集是聚攏，但您同時也會割愛和分享，這很有意思。譬如我們都耳
　　熟能詳的，是您捐出大批藏書給中大圖書館成立香港文學特藏。另
　　外，您的學生和朋友都收過您不少別具心思的禮物。我記得您在〈小
　　酒杯〉中提到，豐子愷太太送您印有像竹久夢二畫作的小酒杯，您那
　　麼喜歡豐子愷，這酒杯對您來說必定很有意義，但您後來竟把它轉贈
　　出去。可以談談這分享和割愛的心情嗎？

□：這是從來沒有人向我提過的問題，很好。
　　我也不知該怎樣說，我愛很多東西，但有時候，我會忽然想起，在我
　　年幼時，我媽媽突然去世；初中一時，父親也死了；再談遠一點，第
　　二次世界大戰，香港淪陷的三年零八個月時，戰火令很多生命一剎那
　　間在我眼前消失。我相信這些經歷對我有很重要的影響，讓我知道世

界上有很多東西都不是真正永久屬於我的，但有些潛在的影響力卻是永恆。例如母親去世了，她在我身上發揮的影響力，就是永恆。我最近看見很多先進的錄音器材，突然想起，怎麼我完全記不起母親的聲音呢？要是我當時有錄音或錄影工具就好了。於是我明白，有些實質東西不會永遠屬於我，但許多和物件相關的精神、人的思想，卻可以傳播開去，留存下來。

〇：這不單是把精神傳播開去，還附加了其他東西，例如豐子愷夫人送您酒杯時，附加了豐氏夫婦的心意，您把杯送出去時，又附加了其他東西。假如聚與散都不是由人來決定，人起碼能在散落之前，為物品加添更多意義。我雖然不敢說這是永恆，但最少能令東西的象徵意義更深遠。

□：說回那隻杯子。得到這隻杯後不久，豐子愷夫人便去世了，我對杯子更珍之重之，一想到杯子原來是不斷地接觸豐先生的，然後到我手上，我當然要很珍惜它，很愛它，但當緣緣堂（豐子愷先生的紀念館）重建好以後，杯子在我身邊，彷彿失去了根源，我沒理由要它撇棄根源，跟我到一個陌生的地方去，因為和豐先生有關的人和地都在石門灣。當然我把它送回去時，我也有千萬個不捨得，我便安慰自己 —— 因為如果我一直沉溺在戀戀的情緒之中，是不健康的，所以我跟自己說：「你應該開心才對，因為在那段日子中，你為他們好好保存了豐先生的遺物，否則杯子可能已經散失或破碎了，只因我如此珍而重之，它今日才能回到屬於它的地方，我算是做了一件好事，所以我應該很高興。」我不知這是甚麼精神，不過從小到大，我從母親那兒學到的是，不應戀戀於那些自己不能掌握或能力不逮的事，我們應該想辦法把苦楚散開，變成另一種力量，這對自己的健康和他人也無害。

收藏

從小就養成把「沒用」東西收藏起來的習慣，沒有人教導我要作收藏家，甚至為了收藏，得冒一些風險或痛苦，我倒一次又一次，有「主題」的把小東西藏好。記憶中，第一宗主題收藏是糖果紙。還沒上小學，那時候，社會經濟不發達，家庭狀況也不好，吃糖果，算是奢侈。糖果品種不多，在小孩子心目中，美國牛奶糖、瑞士糖、英國拖肥、朱古力，該是四大天王。平常日子，等閒不易吃得到。過年過節，有人送禮或家人自購，才珍而重之，分得幾顆。

牛奶糖是藍白紅帶蠟的紙，瑞士糖是紅、橙、黃、綠、藍帶蠟的紙，拖肥、朱古力是七彩錫紙。吃糖，得小心拆開包紙，含着糖就去找草紙，揉成紙團，在平放的糖紙上面柔力擦平，讓本來很縐的糖紙變得平滑。

我有一個力爭回來的英國花街拖肥糖盒 —— 那時候，鐵的盛器、盒子很少有，平平扁扁的盒子，正好給姊姊放針線。爸爸寵我，媽媽雖說姊姊有實用，最後還是我爭得到手。—— 又最近在一間懷舊物品專門店裏，看見一個一模一樣的盒子，售價三百塊錢，叫我感慨萬千。拖遠了，話說回來，我就把平滑七彩的糖紙，珍藏在盒子裏。有時拿出來把玩，有時拿出來以驕同儕，有時也會送一兩張給好朋友，表表心意。

糖紙，畢竟花款不多，來來去去不過十種八種，但幾年下來，我也收藏了滿一盒。誰料，有一天，媽媽發現抽屜裏有許多黃絲蟻，就說是糖紙「惹蟻」，要把我的藏品全扔掉，那是我第一次喪失藏品的打擊，哭得手腳「抽筋」，是很痛苦的經驗。

不久，進了小學，我又改變主題：收藏橡皮圈。粉彩色的橡皮圈，一紮一紮分起類來，藏滿一個大牛奶糖罐。可是，橡皮圈比糖紙更沒變

化，沒花樣，看多了也乏味，最後不知怎樣就停止了，現在記不起如何處置那些藏品。

中學時代，我的收藏主題是：票，各類車票、入場券、戲票。其中以車票最多也最特別。新界公共汽車票價不同，顏色各異，港九公共汽車車票和電車票款色變化不大，但我卻專門收藏號碼特別的票。記憶中，四個號碼相同的，由〇至九，大概超過一百張，還有號碼成雙的，例如二二八八，號碼相隔，例如一二一二，號碼排列特異，例如五六七八……好幾百張。戲票更多姿多采，我第一張藏品，應是父親所藏，戰後第一套轟動香港的荷里活七彩電影《出水芙蓉》的首映場票。父親愛看電影，據說當年要排隊才爭得那票，故捨不得掉，還在票背寫上戲名。

由於收藏時間長，量也特別多，就正因這樣，幾次搬家成了累贅。一直到六十年代末，實在沒地方可供它們棲身 —— 包括此生第一批藏書，一咬牙就全送人了，記得票全送給一個女學生。現在想起來，心裏仍切切作痛，但願不會所送非人，它們還在世上。

最近搬家，竟然發現夾在舊書裏，有一批一九六五年的戲票 —— 戲院全都不存在的了，不知何故它們會倖存，撫摩再三，感慨繫之。

雖然一次又一次遭受「失去」的打擊，但收藏習慣還沒有改掉，隔一段日子，我又會「發作」，找個主題來玩玩：中國風景明信片、小玻璃瓶、石頭、外國各種車票、入場券……，主題這樣換來換去，沒有長時間地浸下去，是收藏的大忌，這也是我不能成家的原因。不過，我也沒有立志做個主題收藏家，一切隨緣，只求有一點點閒情，寄託在可供佔有的小東西上，不要因工作緊張而失去小情趣，那就夠了。

近期收藏主題是：睡貓，用廣東話叫「瞓覺貓」，好像有趣得意些。看着藏品，把玩把玩，暫時忘記世間煩惱，也算健康療法。

想吃一顆糖

忽然，很想吃一顆牛奶糖。那不很容易嗎？就是不容易，我竟有遍尋不獲的失落。

那種牛奶糖叫甚麼名字，哪個地方出品，我都不知道。紅藍白的包裹紙，帶點滑滑黏黏蠟質。

紙上好像印了幾個英文字，小孩子不懂英文，也不計較許多，只記得一個圓鐵罐裝住，鐵罐身上漆了一杯白白的牛奶。

這種外國糖果，不是隨便吃得到，只有過年時候，家裏才會買一罐，也不會全給我們吃，總有一大半拿去送人。母親隔一兩天，分給我一兩顆，那時候心情實在很難形容 —— 立刻全吃掉呢，還是先吃一顆，留下另一顆明天帶回學校小息時才吃？通常，都會留一顆第二天吃，難得的東西，心愛的東西，總捨不得一下子吃光。

解開糖紙，把糖朝口裏送就嗅到陣陣牛奶香味，柔柔滑滑的甜，像一匹絲綢，溫文地滑入喉頭。

糖紙，得好好鋪平摺好，那是「財富」之一。別人都愛七彩閃光的巧克力包裹紙，我卻獨愛線條簡單、紅藍白分明的蠟質紙。

我們會用十張糖紙結成一條蓆紋書籤，別人的錫紙易破，只有蠟質紙最結實。把玩着與別不同的書籤，懷想着牛奶的香甜，又滿懷希望等待第二年的歲暮，那就是童年的滋味。

現在，我有足夠的錢買三四罐牛奶糖，我有足夠的自由一天吃上一二十顆，可是，那種糖卻絕跡了。儘管有失落的感覺，但我仍覺得：這樣也好，如此一來，保有的滋味是眷戀的永恆滋味，只有愈來愈甜美。

一旦真的買到那種糖，萬一是它的味道變了，或是我的口味變了，都會破壞記憶中的完美。

我很想吃一顆牛奶糖，但就是現在找到了，還是不吃為妙。

【賞析】

〈收藏嗜好〉追溯了小思收藏嗜好的緣起和習慣，隱隱可見家族中的傳承之情。父親愛收藏小玩意，沒有教過小思甚麼相關知識，但她小時候已經要負責打掃、收拾父親的藏品；母親愛剪存新聞，先用鉛筆寫下記號，再讓小思按日期先後剪存。雖然這都不是典型的教育方式，但小思顯然從中初步掌握到處理收藏品的方法。她傳承父母嗜好，不也是情的變奏？小思的收藏都來自日常生活，不用額外花錢去買，更見她對日常事物的觀察和情感。她自謙屢棄屢藏，算不上收藏家。不過，眾所周知，小思絕對是香港文化、文學資料的收藏家。文章接着就從承傳母親的剪報習慣說起，指出自己日後以香港文化、文學為資料收集的主題，已經把收藏從嗜好變成專業工作了。嗜好也好，專業也好，收藏都要以情感為基石。比如小思讚揚古董電風扇收藏家，因為他的博物館「小小規模，仍見其情之切」；描述微型品收藏家，則稱許「嗜好已與她生命混為一體了」。話說回來，小思畢生致力於搜集文學資料，又慷慨捐贈圖書館，造福後人，這樣的專業工作不也是以情感為基石？難怪她讚美認真收藏，也鼓勵玩物養志，只反對無情的炒賣。

〈收藏〉勾勒了小思從小到大的收藏史，也展示了收藏過程中的觀察和情感。她的第一種收藏品是糖紙，那時候過年過節才能吃到外國糖果，相當珍貴。為了把糖紙收藏好，小思得小心拆開糖紙，用柔力把它揉平，然後放進當時不常見的鐵盒裏。除了把玩，還可以用這些糖紙來向朋友炫耀，或送出一兩張聊表心意。這些細節，都凸顯了小思兒時對糖紙的珍

愛，難怪她憶述被媽媽扔掉所藏糖紙的打擊時，仍形容它是「很痛苦的經驗」。比較之下，她對小學時收藏的橡筋圈顯然不那麼珍愛了，連後來怎麼處置也忘記了。中學時，小思則收藏車票、戲票和入場券，並按號碼來整理：「四個號碼相同的，由〇至九，大概超過一百張」。此外還有其他用數字來分類的方式：號碼成雙、號碼相隔、依次加一……一般人未必會注意票上的數字，而小思唸中學時已想到這樣分類，可見她觀察日常事物的視角獨特。上述例子都牽涉觀察和情感，這不也是寫作的要素嗎？儘管這些收藏品最後還得送人，但此後小思的收藏癖還是一再發作，收藏主題則隨緣更換。人生在世，深情有時，忘情有時。

〈想吃一顆糖〉也像〈收藏〉一樣寫外國糖果，但集中寫兒時對白兔糖的欲望，筆觸更細緻鮮活。原來即使是過年過節，孩子也只能分得少量糖果，所以得好好考慮進補的時機：「立刻全吃掉呢，還是先吃一顆，留下另一顆明天帶回學校小息時才吃？通常，都會留一顆第二天吃，難得的東西，心愛的東西，總捨不得一下子吃光。」這種糖果用蠟紙包裝，而蠟紙比較結實，小思便用十張結成一條蓆紋書簽，把玩時「懷想着牛奶的香甜，又滿懷希望等待第二年的歲暮」，可見糖紙就是糖果的證物，盛滿了孩子的甜夢。小思長大後記錄這事時，仍想重溫這種牛奶糖的滋味，然而它已經絕跡了。小思失落之餘，卻覺得這樣也好，為甚麼？從〈收藏〉可見，小思的糖紙早就扔光了，連旁證也沒有，為甚麼她還覺得不吃為妙？因為吃不到，記憶的滋味就「只有愈來愈甜美」了。這多少可見其收藏哲學的另一面：有時候，割愛了反而更能保持回憶的美好。不論物證是去是留，都蘊含着深情。

〈收藏：小玩意裏的人生哲學〉（見附錄一）是小思和樊善標的對談，有助深入了解她的收藏哲學。小思的收藏品大多來自日常生活，有助了解社會現況和變遷。有時收藏品除了盛載收藏者的情感外，也可以傳承前人

的精神。小思一直鍾愛豐子愷的作品，曾為他撰寫《豐子愷漫畫選繹》，所以她也很愛惜豐子愷太太贈予的小酒杯，還寫了〈小酒杯〉以作紀念。後來豐子愷紀念館成立，她雖覺不捨，但仍決定送還。正因她收藏時珍而重之，酒杯才不至散失或破碎，才能「回到屬於它的地方」。她也相信，事物未必永遠屬於她，但背後的精神、思想卻可以留存和傳播。樊善標回應時補充，除了收藏，每一次轉贈都增加了擁有者的心意，「令東西的象徵意義更深遠」。

　　小思是個有情的拾荒者，細細拭抹常人忽略的日常事物，從中見自己，見眾生，見天地。她藉收集了解社會、研究文學，也從中寄予個人情志，承繼並發揚前人精神。她收藏的每一件小東西，都貫注了她對生活獨有的觀察和情感，就如同她的散文。（陳）

跟小思學寫作

三、從眼中到心中

——觀察與感悟

【題解】

　　議論、說理與抒情，都是中學作文的常見要素，往往壞在先有現成的老調做結論，再網羅材料，結果作者寫得累，讀者也看得累，長途跋涉卻空手而回。其實只要仔細地觀察生活，自然會有所發現，萌生感悟，不必讓預設的結論帶着自己原地打轉。觀察的對象千變萬化，感悟也就不會「熟口熟面」，作者和讀者都會發現全新的路線。從眼中到心中，不只是文章表面上的敘述次序，也是醞釀寫作的過程。小思的散文，勝在不強說千篇一律的大道理，而是踏踏實實地觀察世界，讓感悟從日常生活中滋長。

　　本輯共選四篇散文，除了〈日本人的表情〉發表於《明報》的「一瞥心思」專欄（二〇一一年三月二十日），其他皆發表於《星島日報》的「七好文集」專欄。〈兩題〉（一九七九年十一月十日）分作兩部分，「藍玻璃」寫小思透過車窗觀察世界，驚覺藍玻璃扭曲了真象；「化石」觀察友人帶來的螺殼化石，感慨它改變住處後已失去原來的身份。〈錶〉（一九七四年六月二十七日）觀察錶的樣式變化，從中深入人的心態，又感慨時間茫茫。〈看銅獅去〉（一九九四年一月十九日）觀察滙豐銀行的銅獅子，感慨

歷史變化的痕跡。〈日本人的表情〉（二〇一一年三月二十日）觀察日本電視上災民的表情，聯想到禮儀教育的影響。以上四篇，或反省觀察的態度和媒介，或從觀察來反思身份，探索社會人情，浮想宇宙玄理。

【文本】

兩題

藍玻璃

車窗玻璃全是淡藍色。

夏秋之際，陽光還很猛烈。車子在山間飛馳，捲起陣陣風塵，叫人瞇着眼。忍受不斷的撲面侵擾，委實不容易。我習慣把窗子關起來，借一借藍玻璃的護蔭。

藍玻璃一隔，車外，就變得色彩奇異：説是個淡藍色的世界？那又不是，分明仍看得清楚窗外景物的原來顏色。只是，原來顏色之外，彷彿還有一層透明的幽暗，蠱惑着人的視覺。

我隔着藍玻璃看窗外。看着看着，青山、白雲、建築物、各種車子、穿着不同顏色衣服的行人⋯⋯飛快從車外投進我的視線，一下子又過去了。無論那有多快，我樂意相信自己仍然分得清他們的原來顏色。

乘車，總有下車的時候。

踏出物外，黃澄澄的陽光撲面罩過來，我不禁驟然吃驚，像給誰一掌推進另一個世界去似的。驚訝的不是陽光太猛，而是 —— 一直自己以為看得清楚的顏色，跟原來的並不一樣。

從此，我怕藍玻璃。

化石

　　朋友從阿拉伯沙漠的工地回來，帶來幾枚化石。

　　我把玩着一枚螺殼石。看外形，它原該是一個很平凡的海螺。不知道那年那月，它的住處忽然天變了、地變了。海底變成沙漠 —— 中國古語裏的「滄海桑田」，它經歷了。原來貝殼特具的光澤，給砂石磨去，然後慢慢石化，現在它竟帶着鐵和石的沉厚顏色。殼外一層層由小到大的旋紋，深刻記錄了螺的身份，可是，重甸甸的，分明又不是螺。它大概並不明白，自己為甚麼變得如此古怪；也不知道，從此，人類把它從海產生物類除了名。畢竟，石化了，是這海螺的悲劇。

錶

　　最近，流行的手錶款式，是錶面沒有數字，或者代表數字的符號。深顏色或陰陽色的錶面上，空蕩蕩地只有兩支指針，無涯地走着。朋友手上有一隻，問她甚麼時間，她伸手給我看，我看了等如沒看，因為看不出指針究竟準確指在何時何刻。她說最初是有些不方便，但習慣了就沒困難。

　　從前，手錶面上除了清清楚楚有十二個數目字外，還仔細刻了分度；長短針不夠，又加一支秒針。後來，再加上星期日曆小格子，錶面就更複雜化了。雖然有時也會叫人看得眼花，但畢竟擺出一副極度精密、分秒不差地量出人的生命時光的神氣。那支秒針滴滴的跳向前，定睛看住它，真令趕時間和珍惜生命的人心驚膽跳。但兩支長短針，是呆板些，可是，看慣了，也不覺有甚麼不對勁。誰會像豐子愷那般閒情：在鐘面畫幾絲垂柳，又用黑紙剪成兩隻燕子，黏在兩支針的頭上，構成一幅燕子飛逐在楊柳之間的圓額畫面。就是沒想到，不幾年間，變得如此乾淨利落，只

剩下兩支針。

錶面變得這個樣子，可以作兩個不同的設想：現在，人對時間的準確性，不再重視了。說時間三十分和三十二分有甚麼大分別？約朋友辦公事而已，又不是倒數火箭升空，何必認真？反正，自己認真，如果碰上不認真的朋友，等呀等的，看住分秒分明的手錶，急出腦充血來也不稀奇，有了個這樣的錶，儘可暫時「蒙蔽」自己一下，對遲到的人，不會戟指而罵，大家一團和氣。另外：由一至十二，長短針循環不已，有始有終的運行，無論在形態上、哲學上，都未免太呆滯而過於實際。錶面一片空寂，只餘兩針，茫茫中你追我趕，無所始也無所終，這就顯示了「無涯」！時間不再是可以數得出來的數字，兩針不再量度人的生命，它們走向無涯，一遍一遍掠過，可能一無所得。如果有這種設想，最好買隻深藍色錶面的，那會顯得更深沉更無限。

當然，沒字的錶，恐怕很快又被沒有針的錶取代了，因為市面上已經出現了只有數字跳動的電子錶，那屬甚麼層次，我暫且不想它。

看銅獅去

眾人上班辦公時刻，我走到中環滙豐銀行總行門前。

門前？哪裏算是門？舊日的三道銅門，我記得清楚。但甚麼後現代主義，一時弄不通，只知道新的建築，活像一所未完成的工廠，裸露着冰冷的死硬的身軀。沒有門，視線自德輔道穿透到了皇后大道中，電動梯橫切了大堂中間，大堂？那不該算作大堂，乘電動梯上去一層，才算正式的銀行辦公大堂。乘？是企。是站。

忽然，我竟發現許多舊日慣用的概念、詞彙都變得不正確。有門沒門、大堂、是乘是企……迷糊迷糊，我只好笑。

我是有意特地走到中環滙豐銀行去的，為的是看那對銅獅子。

活在香港幾十年，原來從沒有細細看過那對獅子。去看，去撫摩一下，去查看雕塑家的英文名字。

不是吳冠中在文章裏提到，我並不知道那對銅獅是國立杭州藝專的外籍教授魏達所作，遠在一九三五年，林風眠當校長的時代。果然，W.W.Wagstaff 的簽名，深深刻在銅座上。

威武張開了大口的一隻，竟然負了那麼多傷痕，一個個洞，裂得深深的。甚麼時候受的傷？五十年的歲月，牠開了口，卻沒說話。

我繞着獅子走幾圈，一個大概在等人的人瞪着我，又不像遊客，這個人要看甚麼？一個土生土長的香港人，第一次細看那已經在那裏幾十年的獅子，先生，你明白嗎？

他當然不會明白。

我摸摸牠的指爪、尾巴，有些已給人摸得發亮，黃澄澄。

哦，原來我連銀行的名字也說不全，它叫：香港上海滙豐銀行。

日本人的表情

我的印象中，一般日本人可分兩種截然不同的表情。

從電影可見，古裝片甚麼武士、浪人、老婦總是表情強烈，蹙眉切齒，呱呱大叫。另一種是平民，特別是時裝片，不論男女老幼，多見表情溫和、平淡，面對他們，幾乎要等上一兩分鐘，方見下一個表情。我在日本生活一年所見，發現原來表情平淡或沒表情，才是正格。接觸他們，從面上極難判斷他們內心狀態如何。

日本大地震，我從不同電視台（NHK、CNN、BBC、半島、中央台、東森、香港）攝錄下來的鏡頭中，再一次觀察日本人的表情特點。

不止今回，上一次阪神大地震，通過電視，已讓世界各地如親歷地看到日本人民的優質：冷靜、有序、堅強。今次更多全程跟進的鏡頭 —— 不是經國家官方審查後的視點，令觀眾獲得日本人表情的更深印象。

香港電視觀眾應該看到一個訴說失去女兒的中年婦女訪問。稍留心就會見到她在面向鏡頭前一秒鐘的手部動作：她用手撥好頭髮。這不是作狀，而是平日訓練有素，端莊儀容見人的習慣。另一個青年，說到父母失去聯絡，自己心想必死了，但再想到父母，就有了求生勇氣。他斷斷續續說着，流淚卻沉實，一絲激動也沒有。老年人在火堆前、女孩子逃生後，表情都平靜，好像沒發生甚麼事似的。有些人也有激動時刻，可並不會呼天搶地、椎胸頓足。他們從小的訓練，是該內斂、肢體動作緩慢、一切以不影響他人等等為應有禮數。誇張表情，不是沒有，小丑、青春女孩作狀才表現出來。

大難當前，最能考驗人性。日本人也有喜怒哀樂，生死關頭，怎無恐懼？但教育有效，見於表情。

【賞析】

我們可以藉觀察來認識世界，然而在眼睛與世界之間，常常有各式濾鏡扭曲真相，真正善於觀察、思考的人，必定有所警惕。〈兩題〉有兩個部分，其中「藍玻璃」正正深刻地反省了觀察如何受中介物干擾。小思寫的藍玻璃窗，在旅行車上特別常見，關上它，就能遮擋陽光和風，令人舒服一點。若果我們只憑想像去寫，很可能會說藍玻璃令一切變藍，小思卻抓住介乎變與不變之間的視覺印象，說「窗外景物的原來顏色」清楚可

見，只是「彷彿還有一層透明的幽暗，蠱惑着人的視覺」。小思既已意識到藍玻璃對顏色的改造，但仍然「樂意相信」自己分得清原來的顏色，沒想到一下車，才發現「自己以為看得清楚的顏色，跟原來的並不一樣」。她沒有長篇大論地在結尾講太多道理，輕輕兩句就把文章打住：「從此，我怕藍玻璃」。究竟怕甚麼呢？怕的是自己對世界的觀察和認知受到蒙蔽，卻毫不自覺。藍玻璃是甚麼呢？可以是旅遊車窗，也可以是教育、文化、知識的濾鏡……小思沒有縱筆在結尾多講，文章反而充滿餘韻。

「藍玻璃」對干擾觀察的中介物有所警剔，第二部分「化石」則嘗試直接看穿事物蘊藏的歷史和意義。小思描寫了海螺變成化石後在顏色和重量上的變化：首先，貝殼的光澤磨掉，「竟帶着鐵和石的沉厚顏色」；然後，由輕變重。不變的是「殼外一層層由小到大的旋紋」，仍「深刻記錄了螺的身份」。當海螺的住處從海底變成沙漠，家的遷徙或環境的改變就令身份變得曖昧矛盾。這「海螺的悲劇」屬於誰的呢？小思似乎想借觀察外物來探索自己在殖民時期的身份矛盾，這種民族情懷在她那一代知識分子中並不罕見，而不同世代，可能都有截然不同、卻又同樣無法磨滅的旋紋。

我們的觀察對象，可以是化石，也可以是更貼近日常生活的事物。比起〈兩題・化石〉感慨的滄海桑田，〈錶〉對時間的思考更加深刻。小思觀察手錶的款式變化，指出背後蘊含的不同時間觀以至宇宙觀。她不厭其繁地描述了手錶從前的樣子：「清清楚楚有十二個數目字外，還仔細刻了分度；長短針不夠，又加一支秒針。後來，再加上星期日曆小格子，錶面就更複雜化了。」這樣繁瑣的設計，是為了準確地量度有限的人生。所以鈔針的快速撥動，會「令趕時間和珍惜生命的人心驚膽跳」。後來的手錶，卻連代表十二個小時的符號也沒有，「空蕩蕩地只有兩支指針」，令人看不清時間。這變化意味着甚麼呢？小思從兩個層次去設想，第一層

比較實際：人不那麼重視準時了，這樣的手錶讓人看不清時間，也就不會對遲到者大發脾氣；第二層呢，是宇宙觀：「時間不再是可以數得出來的數字，兩針不再量度人的生命，它們走向無涯，一遍一遍掠過，可能一無所得。」相對於無始無終的時間，人類不過是旋生旋滅的蜉蝣。小思的設想，正好跳出人的有限視角，直探時間的壯闊，而「一無所得」，又隱見人在其中的蒼涼。如此玄思，手錶的設計者和使用者真的想過嗎？未必。然而以小見大，由實入虛，都是由觀察所刺激的可貴想像。今天，智能手機似乎局部取代了手錶，這意味着甚麼？它也對應了另一套時間觀和宇宙觀嗎？小思沒寫，正好留給我們深思、動筆。

　　只有兩支指針的手錶能夠讓人跳出人類歷史，觀察其他一般事物又如何呢？〈看銅獅去〉喚醒的，是個人記憶，也是被遺忘的歷史記憶。文章一開始，先從「中環滙豐銀行總行門前」觀察。有趣的是，接着的整段描述都是結結巴巴的，因為以前用來描述滙豐大廈的字眼已無法對應改建後的面貌，只好邊說邊修正：「門前？哪裏算是門？舊日的三道銅門，我記得清楚。但甚麼後現代主義，一時弄不通，只知道新的建築，活像一所未完成的工廠，裸露着冰冷的死硬的身軀。沒有門，視線自德輔道穿透到了皇后大道中，電動梯橫切了大堂中間，大堂？那不該算作大堂，乘電動梯上去一層，才算正式的銀行辦公大堂。」小思觀察的是第四代滙豐銀行總行，卻對改建前的樣子念念不忘。為了凸顯記憶的份量，她便先寫「門」（還有「三道銅門」）、「大堂」，再打破它，寫法相當巧妙。接着，小思寫總行裏的銅獅子，去看、去摸、去查看雕塑家的簽名。她發現看來威武的其中一隻銅獅，「竟然負了那麼多傷痕，一個個洞，裂得深深的。」小思要寫的，似乎不只是物理上的破損，也是歷史的傷口。身為「土生土長的香港人」，她感慨自己才第一次去細看這歷史遺物，而旁觀者亦無法明白她的心情。結尾，繼「門」和「大堂」，整棟建築物的稱呼也要修改：

「哦，原來我連銀行的名字也說不全，它叫：香港上海滙豐銀行。」如此收結，自省過往對本土歷史的輕忽之餘，也突出了兩地之間的牽連。

　　除了實物實景，二手材料也一樣值得觀察，小思是文學研究者，自然精於此道。一般人欣賞電影，要麼投入劇情，要麼關心人物，小思卻別出心裁，看出表情和戲種的關係。〈日本人的表情〉從日本電影說起，指出古裝片的人物都是「表情強烈，齦眉切齒，呱呱大叫」，時裝片的平民則表情平淡，「幾乎要等上一兩分鐘，方見下一個表情」。時裝片中的表情，跟小思居日期間所見的日本人是一樣的。接着小思再伸延觀察範圍，從日本大地震時的電視鏡頭觀察日本人的表情。她曾在〈兩題・藍玻璃〉警惕觀察介面扭曲事實，而在〈日本人的表情〉中，她便透過七家電視台的鏡頭來觀察，包括「全程跟進的鏡頭 —— 不是經國家官方審查後的視點」。如果傳媒不免也是「藍玻璃」，小思可算是想盡方法越過它的限制。她觀察到一個喪女的中年婦女在面對鏡頭前「用手撥好頭髮」，指出這是「平日訓練有素，端莊儀容見人的習慣」；與父母失去聯絡的青年，「流淚卻沉實，一絲激動也沒有」；「老年人在火堆前、女孩子逃生後，表情都平靜」。換言之，不同年齡、性別的日本人面對災後的傷痛，都顯得平靜。小思認為，這是源於他們自小受到訓練：「內斂、肢體動作緩慢、一切以不影響他人等等為應有禮數。」小思的觀察力，加上她本身對日本的認識，使她發現了表情和文化的聯繫。

　　總括而言，仔細的觀察可讓我們反省自身，認識世界。另一方面，若對觀察的方式有足夠的警覺（例如意識到「藍玻璃」的扭曲），加上相關的知識（就像〈日本人的表情〉），自然會有更多發現。（陳）

四、大特寫
——切入點

【題解】

　　老生常談是創作的死敵，但自古以來人情和道理已給寫過無數遍，我們還可能有甚麼新意嗎？可能的。試試將大話題從微小處談起，透過新鮮的切入點帶出新奇的感受。

　　〈一對木門〉、〈背囊〉、〈融和〉都是專欄文章，前兩篇分別發表於一九八六年八月二十二日及一九九三年十二月二十二日《星島日報》的「七好文集」專欄，後者發表於二〇〇八年八月二十三日《明報》的「一瞥心思」專欄。〈一對木門〉和〈背囊〉以物件為題，〈融和〉則寫飲食的新潮流，都從具體的一物一事引伸至通透的道理。〈翩翩蝴蝶影〉收錄於二〇一七年七月任白基金會主辦粵劇《蝶影紅梨記》表演的場刊，原文旨在點出唐滌生的劇本以及這次演出的獨特之處。小思選擇從一個常人忽略的細節 —— 蝴蝶的顏色 —— 切入，令這篇文章迥異於尋常的介紹。

【文本】

一對木門

到了石門灣，常然是為了去緣緣堂，但我現在寫緣緣堂，只寫一對燒焦了的木門，請不要責怪我寫得這樣粗疏！

要介紹緣緣堂，也許該由當年豐子愷先生如何設計建造講起，一直講到他一家大小怎樣在裏面幸福地過日子，後來又怎樣毀於日本人炮火之下，甚至該說說它重生的經過。就是不愛說歷史，也得把我看見的緣緣堂新貌，一步一筆的描繪一下，但，對不起，我只能寫那對燒焦了的木門。

堂前大天井側一叢綠了的芭蕉，真是熟悉得很，多少畫面中現過身？可是，與它遙遙相對的一對木門，才是叫人印象深刻。

兩扇對開的大木門，當年該是選用十條精良木方構成。日本鬼子炸彈一扔，緣緣堂在烈火中毀掉，卻剩下煙囪一個矗立瓦礫場中，還有這對木門，推想必是火勢弱了的時候才倒下，向火的一面，焦得像火炭，用手去撫摸，卻仍有很堅實的木質感。

木方之間，焦成長短不一的裂縫，離遠看，很有現代雕塑的味道。

這對木門，是緣緣堂唯一的舊物，是歷史的見證，它能留存至今，也是一宗異數。當年沒有隨豐家逃難的豐先生堂兄，在殘燼頹瓦中，拾回這對焦門，為緣緣堂保存一點血脈，又經歷了四十多年風風雨雨，依然沒有失掉，直到重建緣緣堂，才讓它重作眉目，這不是異數是甚麼？幸而有了這對木門，新建起來的豐先生故居，總算不失歷史感和親切感。豐先生喜說緣，這對木門能在四十七年後，欣及舊棲，也正是緣。

在冥冥中，有了契合，緣緣，正是這個意思！

背囊

在人口密集的香港，流行揹背囊，真是一件值得人思考的事情，特別值得我思考，因為：我矮。

最初，有點冷不提防，在人擠的地方，站在人群中間，突然給人家的背囊朝着頭臉橫掃，差點連眼鏡也摔掉。以後學乖了，總空着一隻手，提高萬二分警覺，凡遇揹背囊的人，又非站在他們附近不可，就會握拳伸掌，他們一有異動 —— 轉身背向我，我就用拳用掌，先下手為強，推擋背囊。這樣幹，的確可避過橫掃頭臉之災，但卻弄得自己緊張得很。

背囊，是怎樣的一種盛器？

早在幾千年前，埃及人已經用上背囊，—— 在開羅博物館可以看到。中國人很早也用背囊 —— 玄奘法師取西經就用大背囊。研究一下力學，肩背的承受力最強，又能空出兩手，幹更多的事，很好用。但從前用背囊的人，大概都走郊野山路，就是走到城鎮，人不那麼多，前後不會擠滿人，怎麼轉身，也不會碰到別人。

其實，一個人揹着背囊站着，就等於佔了兩個人的空間。許多人都忘了這個佔空間的問題，現在的人，多是「顧前唔顧後」，背囊又沒有「感覺」，他們可以完全不負責任。

據說，用背囊背重物，對筋骨最少傷害，又能保持體型正常發展，空出兩手更方便更自由。至於在擠迫人群中，佔了過多空間，又或無意對矮人如我造成滋擾，卻非推銷背囊的商人，或背囊主人所關心的。

天下事，還有無數值得我們關心和思考的，我卻偏偏為這件事思前想後，只因對「顧前唔顧後」的背囊現象，深有所感。

融和

　　日前，看到港式茶餐廳廣告介紹「夏日飲品 crossover」，趕快看內容，究竟甚麼新鮮東西要趕上潮流？哦！原來不過是幾十年前，我們唸初中已流行的：可樂加雪糕、忌廉加鮮奶，只是如今多了些不同品種，加來加去罷了。這算不算越界？香港人用了本來不粗俗的「溝」字（可惜給市井用鄙俗了），兩樣物質渾成一樣另類東西，該是融和還是越界？

　　依常理，食材各有特質，又會產生化學作用，要配搭得宜，不能亂檔。民間慣例，吃蟹不能吃柿，吃參不可吃蘿蔔，我們也記住醋不應溝牛奶。可是，總有人天不怕地不怕，説吃下肚去，還不是融和在一起？

　　講起融和，坊間食肆流行 fusion 菜，即甄文達口中的融和菜，中西合璧的飲食越界。我請教食家，他們一聽 fusion，就很不以為然，搖頭慨歎，認為不是融和，而是擾亂正宗菜系。每地各因天時地利、因食材、口味大不同，自訂菜式，本難與其他菜系融和，但人口流動，文化互動，各地菜式，就在不知不覺中改變了。記憶中，五十年代，莫可非老師帶我去銅鑼灣渣甸街有家川菜館吃擔擔麵和粉蒸排骨，那正式川味，至今難忘。如今川菜，多與香港人口味融和，完全不是當年逃難初來港的川民家鄉手藝了。

　　我對吃本不固執，甚麼菜式都樂於嘗試。反正香港早慣融和，豉油西餐正是好例子。但近來融和菜玩花樣多於真味，既不融也不和，這恐怕是掌廚的既不精通甲種菜又不大懂乙種菜，只求新奇，把兩種菜式強行配搭，吃起來，在味覺上總生怪異，吃不出真章來。

　　無論越界或融和，都不應失去原物的優質，否則，必然失去良好效果。

翩翩蝴蝶影

借張壽卿及徐復祚的《紅梨記》，描出翩翩蝶影，哭一句十分情留得一分話柄，就憑唐滌生的靈巧聰慧，把趙汝州繪成癡情執着的男子，成一段韻事流傳。

蝴蝶，屬於中國傳統的幻化愛情意象，留得話柄最深入人心，成了永恆愛情標本的，是梁祝那對化蝶癡人。而《蝶影紅梨記》中那隻蝴蝶，卻屬唐滌生「獨創」「專有」的。憑着那隻蝴蝶，把趙汝州對謝素秋的幻化愛情，變得一往無悔。並不如徐復祚筆下的趙汝州，一見了隔園小姐，便歎道「虛生二十二年，未見此香奩中物。向來空憶謝素秋，每以不得見面為恨，如今看了這小姐，難道還勝似他」那樣急色情薄。

中國經典中，蝴蝶意象從來蘊含對自由、美麗、愛情的嚮往。破繭振翅，終其一生，以美追尋更美的花魂，描繪永恆的癡情。唐滌生不談蝶夢、蝶化，專創一隻蝴蝶，繞過花亭，踰越隔牆，引領呆書生，到紅梨苑，讓一段虛幻愛情，演成似虛似實之證。

那蝴蝶，一身之美該是甚麼顏色？

泥印本和歷來舞台演出，都是紅色。一九五九年電影版卻是藍色。

今回上演版本，全齣多依泥印本，獨獨〈窺醉、亭會〉中，蝴蝶與素秋所穿之色，均改用了藍色。

理由安在哉？

由一九五七年初演之日始，到電影拍攝過程中，依「仙鳳鳴」慣例，不斷求善求美，修訂必多。經仙姐與唐氏之意念琢磨，也是必然。這點可從當年演出後唐氏寫給電影導演李鐵的〈作者對於拍攝《蝶影紅梨記》之初步意見書〉中得到證明。電影拍攝時，唐滌生仍在，修改曲詞定是他的主意。黑白電影，觀眾所見顏色是紅是藍，毫無分別。何故〈窺醉、亭

會〉中，曲詞會全改「紅裳」、「紅蝴蝶」為「藍裙」、「藍蝴蝶」？修改曲詞，深信原作人必有會意之處。今次演出前，仙姐對劇本幾經細意修改，首要是堅持採用藍蝴蝶。她的理由充分：按泥印本，舞台一片紅：「紅杏窩藏紅蝶影」、「紅梨溪畔有一位紅衣姑娘」、「遍地皆紅花，可惜我紅裙之下，不見有紅蝴蝶影」。從審美角度看，暈紅中不見層次，沒有凸顯聚焦，遂失舞台視覺效果。

「仙鳳鳴」未有重演《蝶影紅梨記》機會，卻拍了電影，這一念就成全了藍蝴蝶與藍裙。何故用藍色？仙姐説記不起。我在此不妨強作解人，試循唐滌生思路解讀一番。

唐滌生讀過「上海美術專門學校」，我們看過他的西洋畫作品。在一九五五年他原著改編及導演電影《花都綺夢》中，也見識過他塑造的西洋畫家形象。我不禁試從西洋色譜裏尋索藍色的意義。

原來，藍色代表寬容，代表真愛。蘊涵溫柔與遐想。在某些畫家筆下是「沒有結果的戀愛記憶」，「一種夢境般的轉瞬即逝的顏色」。

藍色蝴蝶雖不常見，在文學浪漫派心中，是夢幻世界中愛的象徵。更往往成為改變命運的象徵及授予希望者的符號，也表示對生命中愛情永恆的終極追求。蜂媒蝶使，屬中介身份，意念頗嫌次等。唐滌生那藍蝴蝶，卻依附在從未一見的素秋藍裙下，瞬即消去無跡，藍衣蝶影遂成合體了。

翩翩蝴蝶影，引領書生過牆來，不知實情的只是那呆書生，他把一腔癡念情愫沉醉在自説自話中。唐滌生刪去徐復祚原劇中男女「西園已赴巫山夢」情節，讓「雞聲啼破窗前月」，二人便分手，就把情盡鑄於虛幻之美中。至於「忽見畫閣有紅梨現」一場俗套團圓結局，觀劇者大可不必理會，〈窺醉‧亭會‧詠梨〉已是最美最幻的千古情事了。

【賞析】

　　宏大的道理看似堂皇，其實很少人有真切的感受，倒是由小小的物件或事情說起，每每因為焦點集中而變得深刻，由此擺脫陳腔濫調。小思喜歡豐子愷的漫畫、豐子愷的散文，更欣賞豐子愷的為人，寫過一本《豐子愷漫畫選繹》，以及多篇關於豐子愷的文章。她後來有機會到石門灣參觀豐子愷的舊居緣緣堂，這期待已久的行程，一定引起了她複雜豐富的感受，可是文章登在報紙的專欄裏，篇幅有限，不能漫無邊際地閒談 —— 這個矛盾怎樣解決？〈一對木門〉不寫整個緣緣堂，不寫設計施工、主人一家曾經的樂也融融、日軍攻擊的猛烈炮火，甚至不寫劫後重修，而「只寫一對燒焦了的木門」，可謂兵行險着。但要注意，那不寫的種種其實都是聽來、讀來的二手認識，只有那對木門，可視又可觸，是緣緣堂經歷戰爭後唯一留下來的舊物。幸得豐子愷的親人在殘爐頹瓦中拾回，不怕麻煩保存了四十多年，才終於遇到重建的機會，再派上昔日的用場。虧得有這對木門，豐子愷故居才有了歷史感和親切感，作者的聚焦點不是很有意思嗎？還不止此。小思補充道，「豐先生喜說緣」，這對木門就是緣的體現了 —— 豐子愷故居的名字正是緣緣堂。原來寫門是為了寫緣，寫緣是為了寫緣緣堂主人的性情，作者的選擇可不是隨意而為。但必須寫到了最後一筆，那幅大特寫才算圓足飽滿。

　　〈背囊〉也是從一個物件寫起。這次沒有曲折的歷史，卻有真實生活的體驗。小思應該有自己的背囊，但她選擇談別人的，「因為：我矮」，容易被別人的背囊碰倒受傷，甚至可能有過這種經驗。最個人的角度，往往也是最特別的角度。背囊的好處我們早就由各種途徑知道了，不過小思從親身經驗知道背囊也有缺點的。揹背囊的人為自己的健康着想無可厚非，卻可能妨礙甚至傷害了別人，這種「顧前唔顧後」的表現，或許是疏忽，

或許是自私，總之是源於過度自我中心。自我中心原不限於揹背囊一事，作者「深有所感」，因為這是一種癥狀，值得反省。文章點到即止，大家都懂的道理毋庸贅說，但那切入的角度多麼有趣。

〈融和〉談飲食新潮。近年流行「fusion 菜」（fusion cuisine），這個名字中英夾雜，也 fusion 得很。讀了這篇文章，才知道有一個純中文的名字「融和菜」。本文由所謂的新式飲料原來是不同東西的混合說起，繼而談到烹飪之道本就是食材的搭配組合，融和不融和要看廚師的本領。小思熟悉舊事舊物，也有興趣嘗試新玩意。她轉述了食家朋友對融和菜的非議，但個人並不堅持菜系之間界線分明，只要求不僅僅是為了玩花樣。為甚麼呢？因為「人口流動，文化互動」，「香港早慣融和」。咦，這裏有弦外之音哩。「無論越界或融和，都不應失去原物的優質」，這又豈限於飲食？不過藉人人都有體驗的飲食口味，帶出追求發展不應犧牲原有優點的道理，遠比泛泛而談生動有力。

「大特寫」不止是一種即物說理的技巧，也可以表現作者的見地。《蝶影紅梨記》是唐滌生為仙鳳鳴劇團創作的粵劇戲寶之一，雖然論膾炙人口比不上《帝女花》、《紫釵記》，但雙方合作一向認真，唐氏所費心力絕不會少。此劇的故事略本於元朝張壽卿《詩酒紅梨花》和徐復祚《紅梨記》，一九五七年首次演出，由名伶任劍輝、白雪仙擔任主角。兩年後，《蝶影紅梨記》拍成黑白電影，唐滌生繼續修訂曲詞，精益求精。六十年後的二〇一七年，任、白的弟子陳寶珠、梅雪詩擔綱重演，由白雪仙親自出任藝術總監。唐滌生早有香港粵劇宗師的美譽，白雪仙對演藝一絲不苟也眾所周知，本文為演出場刊而寫，以一般觀眾為對象，需要介紹唐、白兩位在此劇中的貢獻，又不能長篇大論，旁徵博引，實在不容易。

小思以筆為鏡頭，拍攝了一幅色彩穠艷的大特寫：《蝶影紅梨記》點題的蝴蝶，為甚麼由紅色變作藍色？一九五九年拍成電影時，曲詞裏原來

的「紅裳」、「紅蝴蝶」都改為「藍裙」、「藍蝴蝶」，小思斷定更動出於唐滌生的主意。二〇一七年白雪仙再三斟酌，從舞台美感的角度，決定跟從電影版本，可見她一個細節都不放過的嚴謹態度。但半世紀前所拍的是黑白電影，紅色藍色觀眾分不出來，唐滌生為甚麼要修改呢？這謎團白雪仙也解答不了。小思於是由唐滌生的西洋繪畫訓練背景出發，解說藍色在唐氏心目中的象徵意義，由此串起藍蝶與穿藍裙的女主角，從而闡發全劇隱含的意旨。這幅大特寫可不止視覺之美，更可見小思體會唐、白兩位藝術家心意之深刻。

　　總結來說，大特寫是一個精心選擇的切入點，從小見大，由具體領會普遍，帶給讀者新奇深刻的感受。可以說，切入點的選取，正表現作者的眼光。（樊）

五、思想的形狀

——結構

【題解】

　　提起散文的結構，一般人想到的往往就是起承轉合。據說這本來是寫律詩的要法，四聯八句分別負責意思的起、承、轉、合，一首詩就算完整穩妥了。可是不管寫詩或作文，如果通通用一個模式，未免太呆板了吧。金聖歎讀《水滸傳》，除了起承轉合，還提出草蛇灰線、背面鋪粉、橫雲斷山等有趣的名堂。這些是作者下筆前就想好了的寫法，還是讀者細心體味後的詮釋？其實也難斷定。

　　這裏大膽地把結構重新命名為「思想的形狀」。作者因應文章內容設計出來有意味的表達方式，固然是結構；讀者分析文章，領悟了或者自認為領悟了的作品傳情達意方式，也可視為結構。所以，不必管出自作者還是讀者，也不限於起承轉合、草蛇灰線……，只要說得通、解得妙，即可。這樣，作者和讀者都有了廣闊的創造空間。

　　本輯所選的五篇散文，都發表在《星島日報》的「七好文集」專欄，年代不同（〈盆栽〉，一九七八年十一月二十七日；〈小酒杯〉，一九八一年一月十八日；〈吃蟹〉，一九九三年十月二十八日；〈下午茶〉，

一九九五年三月十七日；〈還是說下午茶〉，一九九五年三月二十二日），作者的想法、運筆各異，但也有些共通點，例如篇幅的限制、向普通讀者說話的語調等。我們且試試能否指認出這幾篇散文的結構，以供同學寫作和閱讀時舉一反三。

【文本】

盆栽

只怪自己一時「雅興」，相信了「盡收林木歸簷下，全貯湖山在苑中」的說法，買回來兩座小盆栽。幾個月下來，卻愈看愈難過。

當初，在盆景展覽場裏，千挑萬選，既要價錢不貴，又要樹姿入眼，好容易才選中它們——一盆羅漢松，一盆榆樹，都盛在宜興小盆裏，只有一掌那麼高，果然有些古勁味道，便滿心歡喜捧回家去。

放在窗下桌前，改卷看書久了，眼有點倦，抬頭細看，總算聊當山林之趣，調劑一下。

天天給它們澆水，不免湊近多看幾眼。這兩棵「樹」——只有一掌高，有幹有枝，葉子也綠油油的，不能說不是「樹」，硬要說是樹，又似不合常理。（那有這樣矮小的植物管叫樹的？）為了表現古勁姿態，栽種者用鐵線密密紮在枝幹上，強迫樹形依隨人意改變，於是「樹」也乖乖左盤右曲，遠看的確有「老樹虯枝」的妙處。葉子嗎？大概根植得穩，水分也足，空氣似乎也沒有甚麼不適宜，於是該有葉的地方都長了葉，蒼綠得很悅目。沒有誰敢說：這是欠缺良好生長環境，受了委屈的樹。

恐怖和淒涼，都盡在這微妙處。

樹的本身，沒有選擇姿態的機會，甚至根本不知道原來該有選擇的權利。由於慣受鐵線的擺佈，又很「自然」的跟着生長，還以為自己很自由地活着。有甚麼比受了擺佈束縛，還以為很自然很自由來得更恐怖？更淒涼？萬一，樹醒覺了，要求自由，順自然姿態活下去，栽種者大可理直氣壯地說：「誰不給你們自由？生命掌握在你們手中，你絕不可能要求別人給你生存權力，自己爭取呀！何況，看來葉繁枝茂，不是活得好好嗎？水份、土壤、陽光都充足，還埋怨幹嗎？」有甚麼比自己不爭取生存權力，人家又說你活得十分適意，來得更恐怖，更淒涼？

唉！天天對着那盆栽，好難過！

小酒杯

這是一隻小酒杯。

一隻日本式小酒杯，像隻縮得很小很小的飯碗。

土黃色釉，交錯着細緻而複雜的冰裂紋，沒有半點火氣，溫和如一個沉思的老人。

當中一條大裂痕，記錄了這隻小杯曾破成兩半的歷史。

不知道誰用強力膠水把它重合起來，膠水用多了，乾後仍帶濕的感覺，像一注淚，躺在杯中央。

杯外壁繪了一雙穿農民衣服的日本男女，歡愉的表情和舞蹈的姿態，看來正為豐收而歌舞。

無論筆法和筆意，完全是竹久夢二的風格。

這小酒杯沒有顯赫的故事，沒有數字驚人的身價，但它卻深知一個老人二十七年來的情懷。

也許，在冉冉消沉的夕照中，在紅了櫻桃、綠了芭蕉的窗下；也

許，在風雨如晦的日子裏，它伴着老人，默默看幾頁書，抄一首詩，畫數筆畫。或者，它更清楚在沒有紙沒有筆的歲月，在焚畫如焚心的可怕時光，老人如何把愁苦壓成碎片，然後和酒吞下。它感到前所未有的苦澀。它感到老人無力的唇的冰冷。

這隻小酒杯沒經名窰的火，瓷土和釉，也説不上甚麼名堂。只能説是機緣，二十七年前，它躺在小攤上，就無端的中了過路的畫家的意，從此，它就由台灣到了海峽的另一邊。

它沒有甚麼履歷，有的只是畫家妻子寫下的幾個字：

「小酒杯一隻，係子愷於一九四八年從台灣購得，生前常以此飲酒。」

它如今，溫和如一個沉思的老人，躺在我的書櫥裏。

吃蟹

其實，我並不十分喜歡吃蟹，但每年秋天，總盼望能吃上一兩回。

我喜歡的，不是蟹的滋味，而是與談得來的朋友，圍在一席上，邊談邊剝蟹的氣氛。

吃蟹有吃蟹的手勢，應該很隨便、很瀟灑，豐子愷先生寫吃蟹，就叫人很神往，那真是吃蟹老手的風采。我當然沒有見過豐先生吃蟹，他的弟子都看慣，而且學會了。那年我到上海，文彥兄嫂特地買了蟹，煮好帶到旅館來，説是請我吃蟹，實在是想向我「示範」豐氏嫡傳的吃蟹手勢。果然，談笑間自有法度，特別是吃蟹爪部分，伶俐爽快，一折一拉，整條蟹肉就脱出來。

我，這個一年只吃一兩趟的人，學了也沒有練習機會，每一次吃蟹，總是拖泥帶水，大把蟹肉蟹殼往嘴裏送，結果，吃進肚子裏的蟹肉並不多，連殼帶肉吐出來的，倒有一小丘。還有，每一次吃蟹，毫不例外

的，我總會給蟹殼刺破手指頭，真是無話可說。

吃蟹，不能在外邊甚麼酒樓飯館吃，最理想在家裏，招朋喚友 —— 兩個能吃酒也不妨事，但千萬不要那些喝得窮兇極惡的，酒後胡言發瘋，會煞風景。烹蟹煮酒，明天不用上班，有充裕時間，把聚會拖得長長，話題在不知不覺間，換了一個又一個，可談風月，可笑看人間。通常，吃蟹時，我說話不多，笑笑聽聽，已經受用了。

聽人家說，有人可以把吃蟹剩下來的殼砌回完整一隻蟹的樣子：表示自己吃得精巧。我倒覺得這太「嚴謹」，破壞吃蟹氣氛，就像吃蟹時談論國家大事一樣煞風景。

近三四年，愈來愈想吃蟹，雖然，我不十分喜歡吃蟹。

下午茶

下午茶，為甚麼我總惦念着喝下午茶的時光？

下午茶，對我來說，不是一種實質的飲食，而是一種忙碌工作後的安慰，一個忽然閃出的時空隙縫，幾個談得來甚至談不來的熟朋友半生不熟朋友初見乍識的朋友、老學生甚至坐下來不習慣只瞪着茶杯發呆的新學生等等，在閒靜幽雅的小咖啡店、人來人往大酒店附設的咖啡室，沒有準備任何話題就坐下來，坐一兩個鐘頭。最初可能有點凌亂，有一句沒一句地閒聊，言不及義又何妨？慢慢就會瀰漫着一股情味，懶散中帶了凝靜。

一杯上好紅茶加純滑忌廉奶油 —— 我愛聞咖啡，不愛喝咖啡，因此對座有人喝咖啡，作嗅覺背景音樂最妙。一塊厚而不膩的芝士蛋糕，那下午茶就極度豐盛。當然，沒有也不成問題，一杯茶，幾塊餅乾，攤坐在舒服適體的椅子上，偶然把目光移向窗外，看路人走過，聽隔了一層的市聲或鳥鳴，腦袋一無所求，這也算是並不理虧的下午茶。

七十年代正當火紅的日子，有一個學生知道我愛下午茶，就來批判說：「你是資產階級。」我只問了她兩句話：「三行工友是甚麼階級？」「勞動工人階級。」「那麼他們三點三飲下午茶，你怎麼批。」她沒話說。

自己努力工作，自己賺了點錢，用自己的錢安慰一下自己，並沒有剝削別人，那有甚麼不對？也許，那真是小資產階級的心態，因為只有城市人稍有餘錢的人才能享受下午茶，我曾這樣反省過。但當我到過福建、四川，看到小農家也在忙碌縫隙，擺開茶具，蹲在地上或安坐竹椅上聊天，我就明白，一個合理的民生，應該在苦幹之後，仍可以不受干預地、適度地享受一下，那沒有甚麼不對的。

還是說下午茶

飲下午茶，我算是家學淵源。

母親是個中國傳統女性，可是，只有一個飲下午茶 —— 必飲洋式下午茶的習慣，就很不中國式。

她很節儉，我們家境也不富裕，但一個月裏，同朋友同父親帶着我去飲下午茶，總有兩三次，而且都很講究咖啡店的情調。

她同談得來的朋友，多會去灣仔天樂里的「北極」。那是家老灣仔都記得的咖啡店，全店面積不大，以深藍色為主調，綴以冰山及企鵝作牆飾。幽雅而寧靜。同父親多會去中環的「聰明人餐室」或香港大酒店地下的咖啡店，偶然也去思豪酒店，給我印象最深的還是香港大酒店。那兒有極大落地玻璃，白紗掩映，樓底極高，大梳化圍着小玻璃茶几，對小孩子的我來說，一切都過分的大，只有小茶几太小。我坐在梳化上，只佔三分之一位置，又永遠腳不到地，離開小几又遠，很不舒服。母親喜歡要一壺熱鮮奶，一壺紅茶，混和來喝，不用酒店供應的伴茶牛奶。要一客公司三

文治，那時候的公司三文治，疊着三塊麵包、各種配料，超過一吋厚。想想小孩子又要保持儀態，張大嘴巴來吃一口比嘴巴大的三文治的狼狽相，我理解我對那裏印象深刻的原因了。

母親去世後，父親仍保留飲下午茶的習慣，但不再去香港大酒店或聰明人了，往往是逛到那裏就隨便選一家咖啡店坐坐。如果在家，附近的太平館、金城戲院旁的一家由上海人開的小咖啡店，都是他常去光顧的。父親比母親更寵我，小學六年級時，他已讓我帶同一群同學去飲下午茶，特別金城旁的小店，店主熟了，可以簽單結帳，父親去的時候才付款。七毫子一杯奶茶，三毫子一瓶綠寶可樂、五毫子一客多士，一切豐儉由人，那是很遙遠的飲下午茶日子。

【賞析】

一幅畫、一座雕塑沒有規定必須從甚麼地方看起，一篇文字、一首樂曲卻有個閱聽的次序，後面這一類可說是在時間裏展開的藝術。文學作品的結構也大抵和時間、次序有關，草蛇灰線、橫雲斷山不就是作品內容以甚麼方式連綴起來的比喻說法嗎？看似最簡單 —— 比起承轉合更簡單 —— 的連綴方式是首尾呼應：思考由一點出發，最後回到原點。真正困難的是，中途要經過甚麼地方。

〈盆栽〉開篇說因一時「雅興」，買了兩個盆栽，「幾個月下來，卻愈看愈難過」；最後一段說：「唉！天天對着那盆栽，好難過！」正是典型的首尾呼應。賞玩盆栽本為雅事，為何會變成壞事呢？原來因為作者天天澆水，湊近看多了，就發現盆栽那種「古勁」的姿態是用人工強行製造的。栽種者緊緊地在枝幹上繞了鐵線，令植物無法自由舒展，只能長成文人雅

士設定的「美態」，看似悅目，其實委屈。這不是和清代龔自珍的〈病梅館記〉同出一轍？（參考第九輯「情理之間」。）不，〈盆栽〉想得更遠。小思承認植物蒼綠茂盛，生長環境不能說不良好，但「樹的本身，沒有選擇姿態的機會，甚至根本不知道原來該有選擇的權利」，「恐怖和淒涼，都盡在這微妙處」。龔自珍誓要解開病梅的束縛，令它們恢復健康；小思則忖想，如果「病樹」不覺悟自己有病，控制者又振振有辭地說它長得很健康啊，那才是最嚴重的「病」。龔自珍以拯救者自居，小思則貼近樹的處境來思考。從現代人的立場看，小思更能體現當下對個體自主、意志自由的警覺。〈盆栽〉的好處是在前人的想法上，再走遠一步，表現出更強的思維穿透力。至於首尾呼應不呼應，其實並不很重要。

〈小酒杯〉的內容隱含了一個對比：小酒杯與大時代。文章對兩者的寫法也構成了一個對比：小酒杯的外形以工筆細描，大時代的苦難以意筆點染。這小酒杯上繪畫了一對表情歡愉的農家男女，是日本畫家竹久夢二的風格。杯子表面佈滿細緻的冰裂紋，釉色柔和，十分可愛。可惜酒杯曾破成兩半，雖以強力膠水重新黏合，仍有一條顯眼的裂痕。以上是實寫。接着小思以較虛的筆法寫小酒杯「深知一個老人二十七年來的情懷」，包括他的寂寞愁苦、焦灼無力，但小酒杯和老人仍只是溫和地沉思。最後小思和盤托出，小酒杯是豐子愷的，豐子愷去世後，他的妻子轉送給小思，並交代：「小酒杯一隻，係子愷於一九四八年從台灣購得，生前常以此飲酒。」於是我們明白觸目的裂痕不止是小酒杯的歷史，也是豐子愷經歷過的時代災劫，同時發現了本文「小」與「大」的對比結構。如果再讀到小思另一篇文章〈石門灣的水依舊流着 —— 豐子愷先生逝世五周年祭〉所寫的：「在狂流暴風日子裏，連沉默也成了一種罪狀……他默默喝一杯酒，然後平淡地閒話家常，或者用漫畫家的幽默，恰當的敘述描繪一些事和人」（沒有收入本書），我們更會恍然明白為甚麼這小酒杯「溫和如一個

沉思的老人」，這當然是後話了。

〈吃蟹〉又是另一種形狀的思想。開篇提出了奇怪的對比 ——「並不十分喜歡吃蟹」與「總盼望能吃上一兩回（蟹）」——，小思不賣關子，馬上就揭開謎底：她喜歡的不是蟹的滋味，而是吃的氣氛。接下來即輪流就滋味和氣氛兩方面鋪展。氣氛方面，最吸引人的是小思和豐子愷的弟子吃蟹的段落，間接地瞻仰了豐子愷瀟灑的剝蟹手勢。滋味方面，也寫得巧妙。小思以總學不會豐氏嫡傳手勢，甚至覺得不必剝得太漂亮，來暗示自己「不十分喜歡吃蟹」—— 要是喜歡，自會常吃，多練習即熟能生巧。文章驟眼看來隨意所之，其實思維發展的線索歷歷分明，好一個外弛內張的結構。

另一篇同樣妙在舒徐而不散亂的是〈下午茶〉。文章前半談喝下午茶的種種樂趣和情味，後半為自己愛喝下午茶辯解，實際上是就甚麼是合理民生、理想社會發表看法。小思憑藉個人在微小事情上的體會和見聞，解說宏大抽象的道理，也是一種小大對比的結構。而文章寫來舉重若輕，游刃有餘，尤其吸引。可是下午茶的話題還未說完哩。接着的一篇專欄叫〈還是說下午茶〉，並不說理，而是細數自己飲下午茶的「家學淵源」。小思幼時家境不富裕，母親亦為人節儉，但每個月總會有兩三次帶着小思喝西式下午茶，灣仔、中環的老牌咖啡座都在小思心中留下了難忘的聲色香味。母親去世，父親仍喝下午茶，但不像母親那麼講究。父親甚至比母親更寵小思，小小年紀就讓她和一群同學到相熟的小店茶敘，簽單記帳。這一篇散文回憶往事，側寫父母不同的性格、不同的教養方式，抒發懷舊之情，完全可以獨立欣賞。但依題目指引，和〈下午茶〉並讀，則可以進一步明白日後小思認定合理的民生不該排斥享受餘閒，原來是父母的身教。香港報紙的專欄篇幅短小，字數固定，本來是寫作的限制，但靈活運思，把一個話題分成幾個可分可合的子題，似斷似連，互相補充，反而有隨意

談天的趣味 —— 這也是一種跨篇章的結構。

　　事實上，小思的散文很大部分都發表在報紙的專欄裏，不僅字數有限制，還需要適應普通讀者偏愛休閒的閱讀趣味。所以小思在結構上所下的功夫，並不在於追求緊密的照應起伏、步步為營，而是保持親切自然的閒談樂趣，這是必須注意的。（樊）

六、心力與筆力
——文字功夫

【題解】

　　小思有一篇散文〈心力與筆力〉，說台灣小說家「王文興寫作，是用心力與筆力，挖、扯、撕、割自己的生命」，真是令人印象深刻的形容。但心與筆相通，還有更基本的層次，就是作者怎樣把心思用於文詞字句。古人有所謂「鍊字」、「鍊意」，前者大致相當於詞句的斟酌，後者則指結構佈局、措辭語氣方面的思考。小思的散文以「鍊意」為主，最出色之處是洞明事理，為讀者帶來新知識、新見解，但我們也不應忽略她「鍊字」的工夫。

　　本輯共選文五篇。〈心力與筆力〉發表於《明報》的「一瞥心思」專欄（二〇一一年十一月十二日），文中強調感情發自內心深處的重要，這是心力和筆力的一種關係，但小思不要求作家長期保持繃緊的狀態。〈再說評改〉發表於《星島日報》的「七好文集」專欄（一九八八年十一月十七日至十八日），談沈從文對文字運用的精心講究，可見小思並不輕視行文的基本功，這是心力和筆力的另一種關係。〈沈園〉發表於《星島日報》的「七好文集」專欄（一九八六年八月二十六日），〈不追記那早晨，推窗初見雪……〉發表於《文林月刊》（第八期七月號，一九七三年七月），兩篇

散文筆調優美，詩意濃郁，可以看出小思曾在古典文學裏優悠涵泳。〈童玩〉發表於《星島日報》的「七好文集」專欄（一九八六年五月二十一日至二十二日），用一種不像小思平日的語氣發言，傳達出尖銳的諷刺，而怎樣提醒讀者這不是原來那個小思，全賴文字的精心運用。

【文本】

心力與筆力

　　看《他們在島嶼寫作 —— 文學大師系列電影》，最激盪心靈的沒想到是王文興的寫作狀態。

　　深信大作家各有獨特寫作習慣。古代有苦吟、有醉寫、有推敲。只是從沒真實留形。鏡頭定靜拍下王文興坐在近乎空白的小房間裏，用不同的筆，用力鑿向方桌子玻璃上的紙，此刻用鑿字比敲字更貼切，他彷彿把心力完全傾注在筆頭，再運盡全身力量通過筆，把別人無法猜透的字、符號、線條，鑿進紙上。不合意的，他以極憤怒的力度把它們扯碎。桌上撕裂的紙片，宛如作家的血肉，一片一坨，散在桌上。我年輕時讀王文興的小說，總有喘不過氣來的感覺。他的筆力令人很吃不消，記得讀那〈最快樂的事〉短短不足三百字的極短篇，讀得很慢很慢，好像承受着永讀不完的壓力。讀《家變》，更讀得人死去活來。一直說不出何故如此難受，原來，王文興寫作，是用心力與筆力，挖、扯、撕、割自己的生命。他說寫作是「絕地求生」，是「困獸之鬥」，這恐怕也屬苦吟一種，難怪叫人讀得吃力。

　　不過，另一片段，王文興卻呈現了某種生命愉悅。我喜歡他出門背着個紅色小背囊。在大街小巷、在巴士站、在海邊，永遠是個安靜的行

者。他悠悠然行走於人間天地，他講兒時住處同安街紀州庵的神情，他在海邊岩石上看海的時候，他坐在巴士站椅子上讀舊詩的時候，總是那麼平靜和祥。眼鏡後的眼睛竟露出了笑意。這正是他儲存心力筆力的時刻。

再說評改

改編《邊城》為電影劇本的姚雲、李雋培真有幸，難得遇上一位細心在意的好老師 —— 沈從文先生為他們逐句評改。只要好好琢磨，這一評一改，就包含了無限學問絕技，容許誇張點説，創作高手真傳秘笈，也就是如此了。

評改可分成三部分，一是作家對生活層面的常識，例如劇本寫「虎耳草在晨風裏擺着」，作家就評：「不宜這麼説。虎耳草緊貼石隙間和苔蘚一道生長，不管甚麼大風也不會動的。」劇本許多處説到狗，大概編劇者有點想當然，總不忘加上幾聲汪汪地吠叫，可是作家就很小心指出，沒人走過狗不會叫，鄉下的狗離開了家就十分老實。編劇寫端午節下着毛毛雨，作家評説：「端午節不會下毛毛雨，落毛毛雨一般是三月裏。」編劇寫人物手中火把將影子長長投在大石上，作家評説：「這似不必要，因為本人手中的火把不可能把本人影子拉得多長。」還有許多細節描寫不合鄉間實情的，作家都一一給他修正了。這就是真真切切的生活體驗和觀察，儘管編劇的文字寫得多美，卻不是湘西風貌，騙騙外頭人還可以，在湘西人眼中，就不是那一回事。

另一評改部分是形容詞的準確性和運用詞句與全文格調是否配合。例如劇本寫「燈光爬上二老滿是雨水慘白的臉。」作家評：「形容詞缺少應有的準確性，就給人不真實感。」劇本寫「後影看去，苗條得像一根笋子」，作家改「長得像一根抽條的春笋。」評「應避這麼無效果的形容。」

劇本寫「依然沒有翠翠的倩影。」作家評改：「改影子，評：俗氣了。」劇本寫天保大老見了翠翠，「有點神魂顛倒。」作家評「添上去不倫不類。」掌握文字要準確，許多描寫看似信手拈來，但作家實在下了功夫，把心中要寫的形象，準確傳遞給讀者。「倩影」和「影子」表面看來沒多大分別，但放在山純水樸的《邊城》裏，「倩影」就是俗了。而大老眼神顯出「神魂顛倒」，就太像浪子，真的不倫不類了。

　　評改第三部分，文字修辭的正確要求。這一部分，作家只是改了，卻沒有說明改的原因，大概認為那是寫作人應有的常識，不必一一細說。我相信他那麼一改，也不是一般人知道原因的。中文老師改了學生病句，說出理由，還是恰當的，我不妨試解一下。劇本寫「船正載着十數位搭客過河。」「十數位」改為「十幾個」。「十數」不是口語，而「位」多少含敬意，一般量詞，用「個」才合理。常常在廣播中聽見廣播員自言：「今日兩位主持人係⋯⋯」自稱為「位」，錯誤更大。劇本寫老船夫悲涼地說：「日頭落下去了，我也太老了。」「太」字改為「夠」字，這「太」字，自己用上，有斥責意，但「夠老」，就飽含了感慨，寫出了老船夫對落日思年光的惆悵。劇本寫「翠翠和瞌伏在她腳下的黃狗。」「瞌伏」改「依貼」，「腳下」改「身邊」。「瞌伏」是個生造詞，而且失去「狗依主人」這種情感，而「狗在腳下」是不合實情，除非翠翠「踏着」黃狗。寫對話，最重要是合人物身份、性情，不能犯上如老舍指責的「不是人話」的毛病。劇本寫儺送說：「爹，你莫問了⋯⋯我求你，你莫問了。」改成：「爹，你不要問了⋯⋯我求你，我就是不要。」「莫問」是書面語，不合儺送的身份，而加上最後一句，足反映他的堅拒態度。

　　作家這樣細意斟酌運詞用字，現在許多人看來，可能覺得是吹毛求疵，讀者粗心讀來，也不會發現「腳下」有甚麼不妥，但正因作家這樣嚴格要求，我們才了解文字是可以如此準確的。而沈從文能成為一位偉大作

家、一位令合格讀者念念不忘的作家，原因也就在他的修養。許多評論家正擔心年輕一代的作家，在生活體驗上雖然足夠，但文字修養卻愈來愈貧乏，這樣發展下去，中國文字精鍊細緻的特色，就會逐漸在他們筆下消失，再下一代讀者對文字的敏感，也就無從鍛鍊了。我想，這種危機已經來臨，真不知道該怎樣做才好。

沈園

寒風中，年老的陸游移動如鉛的步履，看住葫蘆池上如刀刻的水紋，忽然想起自己的面容，伸手摸一摸 —— 池裏的水很冰寒。橋下春波綠，好一雙照影的驚鴻 —— 那是燦爛而春風纏人的午後，從婉約的柳叢轉出來，就剛剛投影在池水上。風華正茂，情人的眼神，是永恆的凝鏡！冰寒的水紋，凌亂了，陸游收回了冰寒的手！人家都說我壯心未已，熱血報國，他們哪裏懂得？我的傷痛。四十四年了，伸手摸一摸 —— 臉上，歲月跋涉留下的痕跡。此身行作稽山土，應該到了忘情的時候，但每次想起，就有給車輪輾過心胸的痛楚。樓臺都坍倒，我還眷眷些甚麼？……

初夏江南，池水上浮滿淺綠帶鵝黃的萍藻，竟把水面都掩蓋了，我站在葫蘆池邊，粗率得誤認那是一片奇怪的草地。柳還沒有老，在陽光裏柔柔的像世間了無一事。七百多年後，許多人會念念不忘釵頭鳳的故事，游人到這裏來，買一張門票，在池邊想起陸游唐琬。

你們不懂得啊！雖然那是爛熟的情節。連我自己都以為傷痛可以過去，也設想一直以來的傷痛只為了國運坎坷，但我眷眷的卻是曾有的春波與樓臺！斜陽使畫角變得蒼老，這已經是重複又重複的旋律。你們不要說懂得我的故事，且低首細看橋下春波吧！……

我低下頭，橋下，那一池淡黃萍藻，沒有水的意味，沒有一絲反

照，幾百年，太遙遠，還能看到甚麼呢？沈氏園，曾經載過這樣的淒然故事麼？對不起，恕我這個鐵石為心的人，拂一拂衣上泥塵，說走就走了！

林亭感舊空回首，泉路憑誰說斷腸，坏壁醉題塵漠漠，斷雲幽夢事茫茫，……唉！……。

陸游的聲音漸漸遠了。……

不追記那早晨，推窗初見雪……

香港真是一個好地方！因為人活着活着，很可以不知老之將至。也許，善感的人，還會在歲暮時歎聲一年又去；在發現絲絲白髮時會怦然心動；看見兒女成長會憂傷不再年輕，但忙碌的生活，也不易讓人有善感的閒情。於是，年年月月，像在一個密閉房間裏，沒日沒夜，倒不易察覺物換星移。

土生土長的我，悔不該一離開它，便來到這四季那麼顯明的地方。天地間就明明白白有一股生命之流在湧着，在一草一木間，陣風片雨之際，場景的迅速變換，足使對季節慣於無知無覺的人，又興奮又淒然。

不追記那早晨，被窗外白光驚醒，推窗初見雪的心情了，就自春分之日說起吧！經過兩天的微雨，釀出了一點兒暖意，等再放晴時，滿街的楊柳竟然已經帶了嫩得宛如輕輕一彈便碎的綠，而人們也在緊張地預測花開的日子了。只算認真地暖過一天，櫻花在一夜之間，便開了七八分。她開得如此突然，使人沒法子不想到她會凋落得快，我這外地人估計是兩個星期。在上學途中的街頭，那一片繁花景象，已經夠我目眩，但老京都說你必須去平安神宮、圓山公園、清水寺、植物園……而且必須趕快去。櫻花絕不可以逐朵細看，該是一大片一大片的朦朧，遠望似一層微紅的輕霧，罩在山間人叢。當我在垂柳垂櫻間分花拂柳而行時，

只驚訝日本人的狂歌大醉，和由朝至暮，甚至挑燈去賞櫻的行徑，竟忽略了看櫻的艷。在花開的第四天晚上，一陣不大經意的夜來風雨，到早上出門，地上滿是未殘的落花，而風一來，更飄得人肩襟都是，這時刻才悚然察覺櫻的淒艷。我繞道而走，只為真的不忍踏住落花。裝束古樸的大原女用竹帚慢慢收拾殘局，京都人又去賞滿城皆綠的新綠時期了。果然，好像也只不過一夜之間，所有樹葉都冒了出來，定一定神看，楊柳已經變成放蕩的冶綠。有點情緒追不及景色的變換那麼快，但必須趕，因為還要看杜鵑花、紫藤花、鬱金香的開謝。現在人們又備好雨具，等梅雨天，去西芳寺看苔。

面對這些場面，彷彿參透天地的機微，就是不屈指來算日子，也體會整個宇宙的飛快推移。從前讀詩讀詞，曾懷疑古人哪裏來許多惜春傷春之意，到如今，才了悟他們並非興感無端。恐怕不是善感，離開香港，令我覺得老得真快！

原注：大原女：在京都左京區，有大原，此地婦女穿藍白古服，多到市區執粗作如清道剪草為活，稱大原女。

童玩

我們的生活顯然很有秩序，不必預先約定，每天吃完晚飯後，就會聚在一起。群體生活，一定要有領袖，我們是信奉民主的，所以每次開始遊戲之前，都誠心選舉領袖。很公平，每一次都選中了我，因為 —— 我有三張櫈子，一個蘋果箱，有一百張花花綠綠的彩紙，最重要，每一次我都從家裏帶來牛奶糖，或者公仔餅。不過，我仍然覺得，最重要的還是：我最聰明。

遊戲，也必須計劃，我們五個人，怎樣玩才夠新鮮刺激？我常常為這件事費心思。當然，重複玩着同一個遊戲不是不可以，反正，我是領袖，説怎樣玩就怎樣玩，只是，我最不歡喜小明，他也常常有自己的意見，一個遊戲玩上兩三次，他就會皺起眉頭，或者玩得毫不起勁，或者特意不遵守遊戲規則，弄得其他三個本來沒有甚麼主見的人，也開始有些不滿傾向，我就很生氣，但我聰明，總有辦法把這些小問題解決。其實，從來的遊戲都差不多，只要稍動腦筋，把前後次序調動一下，把扮演角色也調動一下，那就會顯得新鮮。例如玩櫈子遊戲，我有三張櫈子，其中一張，一定是我坐的，還餘兩張，通常會給我封的大將軍和大丞相坐，巧妙的地方，或者説令他們最感到興味和刺激的情節，就是我封誰做大將軍大丞相，而做了大將軍大丞相的，又未必安安穩穩坐到遊戲終結。還有一個蘋果箱，也是珍貴的，那天誰討得我歡心，我就踢給誰坐。這樣分配起來。每天，一定有一個人沒得坐。你可能以為我很偏心，那個沒得坐的人是小明，不會的，這樣做失去吸引力，我不是怕他反感。而是，人人都可能沒櫈子蘋果箱坐，才叫他們盡力全心投入遊戲裏。

　　千萬不要用甚麼工於心計這類詞語來形容我，叫每一個人盡力全心投入遊戲裏，不是件壞事，我在盡當領袖的責任罷了。他們不論坐不坐櫈子蘋果箱，都可能吃到牛奶糖公仔餅，當然，有人得多一點，有人少一點，高興與不高興，的確有分別。有一次，小明又惹我生氣，我臨時訂立了一條法例，專門對付他，於是他就犯規了，懲罰方法是不給他牛奶糖公仔餅，我知道他很在乎，但仍嘴硬，説我的牛奶糖公仔餅不是好東西，吃了會肚子痛。他還使牛脾氣，説從此不再跟我們玩，甚至動手推倒我的櫈子，又想把最沒主意的小芬拉走，我真有點慌，這樣使遊戲脱出常規，很不好。於是，立刻宣佈送給他們每人一張彩紙，小芬當然不走了，小明呢，最初依然想鬧下去，後來看見其他人都拿了彩紙，就軟化了。不堅持

甚麼，是我們可愛的地方。

其實當領袖也不容易，他們總愛叫我發表意見，又愛問長問短。人家信賴我，有些事情非要我說過不安心，只是，我哪裏來許多意見呢？為了別人安心，我總得說說。譬如有一次，小明不小心把一隻鞋子跌甩在樓下的簷篷上，他要爬下去拾，又怕危險，問我怎樣。

我就教他用條粗繩子縛在脖子上，另一端繫住樓上的花架橫欄，這樣做，萬一腳下滑倒，也保證安全，不會跌下街去。

雖然，當領袖要兼顧許多事情，是辛苦了點，但有甚麼辦法呢？

群體總得有個人出來領導，我不當誰來當呢？

不過，我也覺得自己很適合做這工作。

遊戲一天一天玩下去，他們都很高興，我也很高興，我們都快樂地過日子！

【賞析】

〈心力與筆力〉是作者看台灣《他們在島嶼寫作 —— 文學大師系列電影》中《尋找背海的人》的感想。電影中有一個片段曾引起很多人注意：「鏡頭定靜拍下王文興坐在近乎空白的小房間裏，用不同的筆，用力鑿向方桌子玻璃上的紙」。小思認為：「此刻用鑿字比敲字更貼切，他彷彿把心力完全傾注在筆頭，再運盡全身力量通過筆，把別人無法猜透的字、符號、線條，鑿進紙上。不合意的，他以極憤怒的力度把它們扯碎。桌上撕裂的紙片，宛如作家的血肉，一片一坨，散在桌上。」的確，王文興的小說探索現代人內心最幽暗、最不理性的角落，用這樣的姿態寫作，不是表裏如一嗎？所以小思肯定筆端敲鑿的力量來自作者內心。但她也看到，電

影拍攝了王文興安詳愉悅的神情，「這正是他儲存心力筆力的時刻」。我們的理解是，寫作並非激情的泄洪。作家有所觸動，仍要經過沉澱反思，才能把心力轉為筆力，把感受化作文字。

沈從文的名作《邊城》在一九八〇年代給改編為同名電影劇本，沈從文曾經親筆評改。劇本和評改後來發表於香港《八方文藝叢刊》第十輯（一九八八年九月），小思寫了兩篇文章談論這事。第一篇〈細讀〉表達她看到評改的喜悅之情，第二篇〈再說評改〉具體介紹沈從文的意見，闡發他的寫作心得。這裏選入第二篇。評改的內容主要有兩類，一是「生活體驗和觀察」，例如虎耳草的形態、火把照出的人影；二是修辭行文，沈從文有時既改又評，有時只改不評，小思嘗試代為詮釋；兩者都可以歸結為文字是否準確的問題。沈從文是著名作家，但說到寫作，最重視的還是基本功。小思「擔心年輕一代的作家，在生活體驗上雖然足夠，但文字修養卻愈來愈貧乏」，事實上，如果腦子裏只有樣板套語，很難相信能夠體驗生活的精微深刻之處，這是更令人憂慮的事情。

沈園又名沈氏園，是一座在浙江紹興的園林。沈園最為後世所知的，是宋代詩人陸游和前妻唐琬哀怨的故事。陸游一輩子裏，為這段失去的愛情寫了一闋〈釵頭鳳〉詞和很多首詩。小思到此遊覽時，已是八百多年之後。〈沈園〉或明引、或化用了不少陸游的詩句。明引的是七律〈禹跡寺南，有沈氏小園。四十年前，嘗題小詞一闋壁間。偶復一到，而園已易主。刻小闋於石，讀之悵然〉的中間兩聯，「林亭感舊空回首，泉路憑誰說斷腸？壞壁醉題塵漠漠，斷雲幽夢事茫茫」，還有〈沈園〉之二「此生行作稽山土」——文章裏沒有加上引號，所以這裏順道指出。更有趣的是化用，主要是最負盛名的那首〈沈園〉之一：「城上斜陽畫角哀，沈園非復舊池臺。傷心橋下春波綠，曾是驚鴻照影來。」化用不是語譯，小思的巧心見於她對詩句的補述和詮釋，「橋下春波綠，好一雙照影的驚鴻——那是燦爛

而春風纏人的午後，從婉約的柳叢轉出來，就剛剛投影在池水上。風華正茂，情人的眼神，是永恆的凝鏡！」這裏姑舉一例，留待讀者舉一反三吧。

〈不追記那早晨，推窗初見雪⋯⋯〉，只看題目就有宋詞小令委婉的格調。那個早晨推窗所見，不該只有雪的；或許，那個早晨不止推窗見雪，接着還有其他縈心繫念的事情 —— 點點滴滴不肯止息的省略號惹人這樣遐想。可是那一切，現在都「不追記」了，為甚麼呢？文中說，「就自春分之日說起吧」，然後細數楊柳初綠，櫻花一夜開了七八分，又一夜紛紛掃進大原女的竹帚下，楊柳則「變成放蕩的冶綠」，然後杜鵑花、紫藤花、鬱金香排着隊出場，等梅雨天到了，還有青苔。在季節分明的地方，時間飛馳而過的痕跡太鮮明了，「情緒追不及景色的變換那麼快」。文末記下了寫作的時地：一九七三年七月於京都。我好奇翻查萬年曆，那年的春分是三月二十一日，已經是三個多月之前，初見雪當然更遠了。原來春分之日已是追記，初見雪則是追不及又放不下，只好收進含蓄的省略號裏。讀者留神，小思不僅鍊字，還鍊標點哩。

〈童玩〉並不追求文詞的古典之美，細讀之下甚至令人不寒而慄。五個孩子玩遊戲，首先「民主」地選出領袖。「我」憑着玩具和糖果，每次都「公平」地當選，還洋洋得意地認為這是因為自己「最聰明」。領袖可以獨立決定遊戲怎樣玩，又用分發獎品、剝奪權利等手段來控制下面的人。讀者應能慢慢發現，這個「我」並不是小思。但最觸目驚心的，是一個孩子不小心掉了東西在樓下的簷篷上，既想爬下去拾回，又怕危險，「我就教他用條粗繩子縛在脖子上，另一端繫住樓上的花架橫欄，這樣做，萬一腳下滑倒，也保證安全，不會跌下街去」。教無知的同伴把安全繩縛在頸上，這簡直是草菅人命！尤其令人悚然的是，文句寫來平平淡淡，「當領袖要兼顧許多事情，是辛苦了點，但有甚麼辦法呢？」這與王文興如敲似鑿的文字大異其趣，但同樣是筆力的表現。「代言體」是小思散文重要的技巧，我們選錄本文以見一斑。（樊）

七、有字可圖
——看圖作文

【題解】

　　現今是圖像主導的年代，手機拍攝如此方便，文字還有用武之地嗎？不過，即使是在社交媒體上的照片和短片，也常常需要插入幾句文字來畫龍點睛，看來要表達自我，無論敘事、抒情或議論，文字仍有優勢，其他媒介難以取代。圖與文各有長處，兩種表達方式大可靈活配合，互相闡發。小思的《豐子愷漫畫選繹》，以及她與阿濃、鄧達智合著的《香港老照片（貳）》，正是這方面的嘗試。本輯選文，展示了四種看圖作文的寫法。

　　〈母親〉、〈母親的懷抱〉載於《香港老照片（貳）》（天地圖書有限公司，二○○一年），出版介紹指這系列旨在「以一種輕描淡寫般緬懷的氣氛、稍帶歷史反思及對過往集體生活經驗的省察來看舊照片……只有不能忘記舊事的人才能珍惜現在和寄望將來。」本書選入的兩篇，從不同角度懷緬母親，既展現了個人的真情，也折射出昔日香港物質匱乏下的生活情況。

　　〈開箱子〉、〈溪家老婦閒無事，落日呼歸白鼻豚〉選自《中國學生周

報》第九百三十四期（一九七〇年六月十二日）、第九百四十九期（一九七〇年九月二十五日），都是以文字轉化豐子愷《護生畫集》中的漫畫。小思闡發了原圖對人生世相的觀察感悟之餘，也另添新意，圖文之間相得益彰。〈開箱子〉原圖出自「兒童相」系列，擷取兒童各種可愛的情態；〈溪家老婦閒無事，落日呼歸白鼻豚〉原圖出自「古詩今畫」系列，豐子愷以漫畫「翻譯」明代詩人張琦的詩句，小思再將漫畫「翻譯」成現代散文，圖文之間多重折射，生生不息。

【文本】

母親

母親四十四歲，逝世前一年的照片。

灣仔舊居的騎樓一角，母親常愛坐在籐椅上看報紙。記得那天，一家人在這角落拍了許多照片。母親帶着常見的笑容——她從不大笑，我懂事以來，就覺得她憂心的時候多。

照片右邊木板後的是兩大袋米，自從抗戰勝利，也就是香港光復後，我家總會儲糧，母親說亂世中，米糧最重要。憑她的策劃，三年零八個月的苦難淪陷日子，雖然只有米碎粗糧，一家幾口還可不必吃木薯粉充飢。兩個藍線麻

包袋，放在那裏，總先吃舊米，再添新米。米儲久了，有時會生穀牛（一種黑殼小蟲，不知道學名叫甚麼），母親命我用竹筐曬米，一隻一隻捉走穀牛，所以，夏天我也玩穀牛。

且細看花瓶前的貓，這是父母親都極愛寵的貓。牠的姿態一點不像貓，沒有懶洋洋的貓樣，威武得像守護神。牠從來不嗲，卻十分重視自己的姿勢，像拍照的時候，母親一叫：上來。牠跳上几子一坐，就是這個樣子。

母親去世後，貓也失蹤了，牠從不出家門半步，老一輩人說牠隨母親去了，我相信，因為幾年後，父親去世，他愛的貓也失蹤了。從此，我再沒養貓。

母親的懷抱

這一雙手，就是這一雙手，給我安全與信心。

假如我告訴你，到今天，右手握着的母親手指，左手手背蓋着的母親指掌，我仍然感到輕柔的暖意，請別以為只是文學的誇張。

這雙手與小手重疊的構圖，不造作，是親子極自然的身體語言，是極圓滿的接觸。

不足一歲的孩子，坐在陌生的高台上，儘管緊緊有母親靠傍着，仍害怕得很。母親一手繞到背後，好好護住，小

手便尋到了安全。握得緊密，就怕甩掉。母親還不放心，另一隻手輕輕放在孩子手背上，給了蔭蓋。雖然輕放，但不難察覺那全心的柔情護蔭。孩子，別怕，別怕，媽媽在呀。

幾十年人生跋涉，每遇困頓疲敗，我會躲起來靜思，這雙手的暖意，就會顯現。也許，許多人不能相信，會這樣的幼稚。但我卻深深慶幸，自己仍能保存這種許多人認為幼稚的幼稚。

天大地大，逝水流年，世事多艱，誰是永恆的強人？午夜夢迴，心虛時候，仍然感到有這樣的一雙手，蓋着握着，真是一種難得福氣。

開箱子

那怕只是尋常角落，一個普通的箱子，在孩子心目中，都可能別有天地。好奇心是人類本能，難怪孩子總愛東搞西翻。可是呵，大人總不體諒，往往提高嗓門喊：「別碰那，跑開，小孩子搞甚麼？」孩子好委屈。但，只要大人一漏眼，機會終歸會來，揭開箱子，仔細瞧瞧，也許還可搞個翻天覆地。

版權所限，本書未能收錄豐子愷漫畫，惟讀者可以掃瞄以下條碼，登入「香港文學資料庫」，觀看小思以筆名「明川」發表於《中國學生周報》的原文及附圖。

你們有好久沒碰過的箱子麼？去開開，裏面可能有一個小學一年級掛過的褪色校徽，兩張曾經愛過的包糖紙，三封發黃了的老友回函，噢！對着差不多忘掉了的東西，可呆上半天，又淒涼又開心。

小孩子開箱子，是闖新尋奇。

大人開箱子，是翻出沉澱的記憶。

溪家老婦閒無事，落日呼歸白鼻豚

趕得氣啾啾，好容易才從像蝗禍般的汽車群中鑽出來。天見憐，努力衝刺，讓我追及一班正要啟航的輪渡。就是那麼的一個世界，到處是人碰人，有不完的工作、娛樂、約會，一會兒擠巴士，一會兒擠地鐵……等我老了，不再工作，便到鄉下去，買間茅屋，要一泓溪水，有竹籬笆，有小山，然後，養些小動物，還幹些甚麼？古老人才織布、打線球，我嗎？該看看書，不妨磨墨寫字。甚麼都不理會，閒閒的，就只等黃昏，朝門外喊：「回來囉，太陽下山囉。」小動物都回來了……等一等，渡輪泊岸了，要擠車，有機會再想下去。

版權所限，本書未能收錄豐子愷漫畫，惟讀者可以掃瞄以下條碼，登入「香港文學資料庫」，觀看小思以筆名「明川」發表於《中國學生周報》的原文及附圖。

【賞析】

照片與漫畫都是圖像，但借來寫作，路徑各異。家庭照片是記憶的定格，當事人可以直接召喚照片外的相關記憶，也可以像好奇的偵探推敲照片中可疑的線索。〈母親〉從照片上的三個細節說起，先指出母親這樣的淺笑是平日常見的，她從不大笑，似乎總是在憂心甚麼。如果我們只看照片，大概看不出笑中的苦，文字卻揭示了圖中主角日常的心理狀態，令形象更加深刻。憂心甚麼呢？小思沒有直接解釋，也沒有多加喟歎，而是馬上把注意力轉投到照片上第二個細節：「照片右邊木板後的是兩大袋米」。

鏡頭只能呈現木板而已，文字卻能像透視鏡一樣補充更多。為甚麼放這麼多米？這就是昔日持家者的生活智慧了——誰知道明天還能不能買到米？母親在抗戰時已經曉得儲糧，因此一家幾口不用吃木薯粉；即使戰爭遠去，儲糧的習慣仍舊保留下來，這看似多此一舉，但誰能說她不對？回頭再看，母親從不大笑，大概就是因為生活艱難吧？儲米確保了一家不愁糧食，但會生吃米的穀牛，所以小思兒時用竹筐曬米，挑走牠。有趣的是，小思卻說這是「玩穀牛」。簡簡單單的一個「玩」字，就凸顯了孩子愛玩的個性，也淡化了戰爭的陰霾，令文章筆調變得輕鬆一些。

接着小思寫照片上的貓，形容牠「威武得像守護神」。小思抓住了貓在照片上的神態，也突出了牠異於同類的個性。但這跟母親有甚麼關係呢？牠是母親所愛，也借此映襯了她的威嚴。照片怎麼抓住貓的威武瞬間呢？原來只靠母親斬釘截鐵的兩個字：「上來。」貓固然威武，母親何嘗不是？這樣的母親形象，多少也跟過去艱難的歲月有關吧？小思留下了一個人的記憶，也隱隱濃縮了一代人的歷史。

照片擷取了瞬間的畫面，小思再補充前後的故事，情味就更濃了。文章以「母親四十四歲，逝世前一年的照片」開始，但未有馬上直接抒發喪母之痛，只從照片上的笑容、米袋和貓勾勒出母親在世時的情景，輕淡的筆法把哀思藏得很深。最後一段，小思才筆鋒一轉，指出自母親去世，這貓就失蹤了，後來父親去世，他的愛貓也同樣失蹤。小思失去父母也失去愛貓，其苦可知，但她沒有多說，只以冷冷兩句收結：「從此，我再沒養貓。」悼念之情，不言而喻。

〈母親的懷抱〉也寫母親，但筆法與情感都跟〈母親〉不同。照片大概在影樓拍攝，不像〈母親〉那一幅充滿各種生活細節，它的焦點就是母親擁着孩子。因此，此文的描寫重點也比較集中，只寫「懷抱」。這樣寫，可以把一個細節的情景和背後的意義挖得更深。

拍攝時，小思還不足一歲，難怪她撰文的筆調，就像好奇的觀察者：「這雙手與小手重疊的構圖，不造作，是親子極自然的身體語言，是極圓滿的接觸。」寫作時可以反芻熟悉的記憶，也可以從照片的細節重新發現暗藏的情感，後者講求觀察力。小思觀察到甚麼呢？她看到孩子在陌生的高台上的恐懼，也看到母親動作背後的體貼憐愛：「一手繞到背後，好好護住，小手便尋到了安全。握得緊密，就怕甩掉。母親還不放心，另一隻手輕輕放在孩子手背上，給了蔭蓋。」若果小思只是籠統地寫母親的擁抱，匆匆斷定這是她「全心的柔情護蔭」，卻沒有仔細地刻劃手的姿勢、位置和力度，最後兩段的感謝就會顯得虛浮。

　　〈母親〉從淡淡的描寫中滲出哀思，〈母親的懷抱〉則更強調感恩之心。我想，小思不太可能記得一歲前的情景，但照片留下的憑證卻能讓她重新想像、投入母親的懷抱。小思說，她今天仍能感受到母親的手的暖意，而這不只是文學修辭。我也相信，因為她描寫這些畫面時，就像照片一樣仔細，給予讀者足夠的細節，去體會那幾十年後仍久久不散的暖意。

　　家庭照片多少會牽動鏡頭外的記憶，而把漫畫寫成文字，則往往更講求想像和思考。如果文字只是一直覆述圖像的情景和寓意，未免多餘，不妨以想像伸延圖中世界，啟迪情思。〈開箱子〉的漫畫原圖是一個孩子的背影，我們看不到他的表情，也看不到他面前打開了的箱子究竟盛載了甚麼。這樣一幅看似簡單而曖昧的漫畫，如何衍生另有新意的文字？豐子愷的漫畫未有直接點出的孩子心理，小思便提出自己的詮釋：箱中也許沒有甚麼了不起的東西，孩子卻對甚麼都好奇，忍不住打開它瞧瞧。大人沒有在漫畫裏出現，小思卻把場景和人物拓闊，聯想到大人老是嫌孩子淘氣，喝停他們。閱歷有異，難怪孩子和成人對事物的反應如此不同，但孩子真的錯了嗎？小思似乎沒有完全站在成人的角度苛責孩子，不忘點出孩子的委屈，又追問讀者：「你們有好久沒碰過的箱子麼？」香港家居空

間有限，不管是多珍貴的東西，藏進箱子或抽屜裏便可能久久不見天日。小思鼓勵讀者去開開箱，「對着差不多忘掉了的東西，可呆上半天，又淒涼又開心。」我們收拾舊物時，也有過類似的經驗吧，總是一邊收拾一邊驚歎：原來我還留着它，幾乎都忘了！於是呆了半天也沒收拾完。與事物分別愈久，重遇時愈感驚喜和蒼涼。中學生重遇小學的事物，也許只會開心，倘是人居中年，怎能不感慨童年的消逝呢？小思由漫畫裏的孩子開箱，伸延至大人開箱，終於發現了兩種不同的人生境界：小孩子是「闖新尋奇」，大人是「翻出沉澱的記憶」。如此寓意，肯定超出了豐子愷原來的漫畫構思。

〈開箱子〉先從漫畫內容寫起，再伸延開去，〈溪家老婦閒無事，落日呼歸白鼻豚〉卻反其道而行。豐子愷畫的是閒靜的農村景象，小思卻寫自己「從像蝗禍般的汽車群中鑽出來」，追趕「正要啟航的輪渡」，呈現出忙碌的城市人生活。接着她想像退休後的情景，有山有水，閒適自在，漫畫中的世界似印證了城市人對未來的幻想。然而小思未有以這美好的想像作結，反而猛地打破幻想，回到渡輪的場景：「等一等，渡輪泊岸了，要擠車，有機會再想下去。」如此收結，充滿諷刺。對城市人來說，豐子愷筆下的農村生活再好，終究不過是遙遠的幻想、眼前的妄想。

總括來說，看圖作文時可以仔細觀察圖中細節，或補充記憶，或推敲線索，也可以把鏡頭拉開，豐富箇中情景和意義。（陳）

八、記憶的歧路

——回憶與抒情

【題解】

　　小思筆耕數十年，記憶是非常重要的母題。身為香港文學研究者，她擅長爬梳歷史，曾發起香港文學口述歷史計劃，又把大量資料贈予香港中文大學圖書館，促成「香港文學特藏」及「香港文學資料庫」。身為散文家，她常常在現實觀察與記憶反芻之間來回游走，反覆細味。對於寫作人來說，如果青春的優勢在於敏感，歲月則可以令抒情與思考增添層次。記憶畢竟不是抽屜裏的舊物，提取不易，有的確鑿無疑，有的虛實難辨，有的今昔交融，往往歧路重重。以文字重溯記憶，有諸多路徑：可以用細節重建立體的景象，也可以與他人的紀錄和情感互相映照。

　　本輯共選文四篇，〈灣仔之一〉、〈誰要記起〉選自《星島日報》的「七好文集」專欄（一九七七年七月五日、一九八八年六月二十四日）；〈新亞怪魚酒家〉、〈渡輪的位置〉則選自《明報》的「一瞥心思」專欄（二〇〇六年十一月二十五日、八月二十四日）。小思長居灣仔，對老灣仔充滿記憶與感情，多次為它撰文。最早的一篇寫於盛年，其餘各篇的寫作時間相距較長，全是對灣仔記憶的反芻。

【文本】

灣仔之一

黃昏已過時分，走經灣仔街頭。

修頓球場人聲起哄，一場小型球賽正鬥得熱烈。高架射燈使場邊人的面貌一點也不朦朧，他們完全投入一個急劇流動的場景中。我站在人圈外邊，忽然，這個地方，變得非常陌生。

那時候——該是很久很久以前了，當修頓球場還沒鋪上水泥地，四邊還沒圍上欄柵，一切顯得很沒建設、沒秩序。但，我可以清楚記得哪個角落，擺的是甚麼攤子。大帳篷在東北角架起來的是夜市心臟節目：「咚咚喳」。我不知道它的正式名堂，父親總說：「我們看咚咚喳去。」而大帳篷外邊，總有人敲着鑼鼓，單調聲響就是：咚咚喳。響亮的呼叫，告訴人們帳內表演些甚麼。有時是深山大野人，有時是軟骨美人，有時是吞火吐火，甚至有時只擺着一隻兩頭雞。給一角錢，就可以進帳裏去看。通常，節目怎樣叫人失望，看過的人走出帳篷時，總笑哈哈的。父親說只是一角幾分，不要太認真，反正，不好嚇怕了站在外邊等進場的下一班觀眾。中央地區多散擺着賣武、賣藥、賣涼果的小檔，彼此之間，沒有劃定界線，外邊圍着一圈人就是界線。每圈子裏都有盞大光燈，其實也不算太光，暗黃的燈光剛好照亮了小檔主人。賣武的總光着上身，腰間束條已經有點霉氣的紅帶，或者只把黑色唐裝褲的白褲頭打成結實的方形結。他們總愛把胸膛拍響，說一套江湖老話，偶然舞動一下紅纓槍、單刀之類，對於這，我沒多大興趣。雖然賣涼果的沒大看頭，但看完後父親定會買一角錢有十二粒的話梅或甘草欖，就很夠吸引力。看小攤，其實也不太舒服。父親不許我蹲在人圈內圍地上看，只讓我騎在他肩上。七八歲也不太小

了，看完一場雜耍，父女倆都會感到吃力。

但無論怎樣，儘管家與修頓只是一街之隔，能去玩一個晚上，已是童年最興奮的夜間節目之一了。

這個陌生的地方，原來曾盛載過我童年的歡樂。

誰要記起

軒尼詩道是一條十分十分寬闊的大馬路。

是嗎？是的，不是！

我常常對自己的童年記憶產生極度懷疑，但它又確切如此清楚，我向誰去找證據？

軒尼詩道空蕩蕩，橫過它要走好久。有段時期在中央還成了可停兩行汽車的停車場，早上，抹車仔挽一桶水、一塊濕布、一把雞毛掃，細意在抹掃深黑色深紅色汽車，使它們在陽光下閃亮閃亮。夾在道旁的建築，全是四層高，在路中抬頭，總可以見到一條寬闊藍天，河在上面，路在腳下。我向人如此描述軒尼詩道的時候，竟懷疑起自己的記憶力來，是嗎？眼前，紅色交通燈剛亮，三排汽車遮斷了視線地停着，另一面的三線汽車流動閃動。大廈一幢幢刺向天空，藍天正艱難從裂縫中掙扎出來，我抬頭看，弄得脖子很痛，聽故事的人存疑眼光刺痛了我。

小孩子眼中，甚麼東西都很大很寬，軒尼詩道只在小孩子當年的記憶裏空蕩蕩。

感謝誰拍的紀錄片，鏡頭從莊士敦道與軒尼詩道夾着的紅磚禮拜堂推移，我心速加快，怕鏡頭無情中斷了。移前一點、一點……軒尼詩道在望，過了盧押道口，我雙手緊握座椅把手，對！軒尼詩道是空蕩蕩，十分十分寬闊的一條大馬路。就是那麼簡單短暫的一兩分鐘，紀錄片的拍攝

者做了一件大好事，把橫亙在我心頭的疑惑解結。

軒尼詩道由寬變窄，路面實在沒有收窄，那是城市的成長過程。城市生命在流動，時光在流動，人在流動，車聲熱氣在流動，人不記得過去一切，就算記得，也充滿懷疑。誰要記起：軒尼詩道是一條十分十分寬闊的大馬路？

新亞怪魚酒家

灣仔老街坊說你怎不講講悅興酒家？

我會說的，但必須把新亞怪魚酒家擺在首位，因為它的風景，佔了我童年許多快樂時光。

我會認真地介紹它的正確位置：菲林明道十四號。可是老灣仔都以為它應在軒尼詩道。我是從地政署舊圖則檔案查出來的，這一查，才知道唐樓連走馬騎樓、天井吊橋，在軒尼詩道佔更多的面積。它的原址，就是現在的灣仔恒生銀行所在。

名字夠突出，查遍全港店名紀錄，從古到今，都沒有叫怪魚酒家的，老街坊也不追問為甚麼叫怪魚。這個奇名據知是我一位朋友的父親設計的點子。

它佔兩層樓。在面向軒尼詩道的樓下，有兩樣新奇東西：一樣是個兩格玻璃魚池，養着游水海鮮。另一樣是一堵大牆，上面繪畫了潛水銅人、美人魚和眾多奇形怪狀的魚。魚池中海鮮供客點買，一點不怪。這堵牆，每到歲暮，就會有畫工更新。全牆塗白後，畫工就逐天一筆筆繪上新圖，這正是街坊小孩的娛樂高潮，我們猜今年潛水銅人的位置，美人魚的手放在哪兒？全圖完工，就是歲晚收爐了。

新亞生意很旺。擺喜宴的多，晚上就有兩個節目。歌伶粵曲演唱，

鼓樂喧天，對街的住戶都分享。入席前燒大串爆竹，煙火瀰漫過後，街童爭着撿拾未燃爆竹，燃點了互擲鬧着玩。

我從未到過新亞吃飯飲茶，卻天天對着那堵牆，夜夜看着酒席的燈光燦爛，這樣的童年，就過去了。

渡輪的位置

我靜默地站在遙遠處，望着那座線條簡約的鐘樓，扁平的渡頭，思路凌亂縱橫，時空變異，我看見穿唐裝衫褲的父親從塔形的天星碼頭走出來 —— 是第二代碼頭嗎？竟然有點第四代的模樣。海傍距離電車路那麼近，我下了電車，走幾步就可站在干諾道的大廈行人道上，等待父親下班從九龍渡海而來，那必然是星期六的中午。

忘記過了多少日子，父親也去世好多十年，我會常去天星碼頭渡海，對岸有座海運大廈、星光行，是星期天消磨時光的好去處。我還是下了電車，但得走一段長路才到達渡輪。巴西咖啡座有朋友等着談文說藝，大除夕小型石英跳字鐘前，我們待時光消逝，送走舊年。

沒窗口的文化中心落成後，我早已忘了原來要走多少路才由電車路走到碼頭，習慣了就不再計算。行人隧道多了幾個奏樂的流浪漢，報攤愈擺愈大，我匆匆走過，不留痕跡，對人們說的第三代碼頭，沒有甚麼感覺。大笨鐘敲響，有了聲音，哦！他們遲到三十分鐘。鐘聲，果然給人警醒。老鐘要隨建築物拆掉，會在哪裏藏好？

我走呀走，走過免費的卡口，微弱響聲顯示一個超過六十歲的人正在經過。

站在遙遠處，靜默地聽着鐘聲，一代又過去了。

【賞析】

　　有一種常見得近乎俗套的作文結構，是翻閱照片，然後倒敘舊事。現在拍照太容易了，也許沒有多少人會細心回看照片，但眼前總有各種觸發記憶的媒介。香港是個不斷拆卸、重建的城市，即使是年輕人也一定見證過它的變化，也許是短命的小店，也許是變裝的街市。當你突然感到眼前的世界很陌生，那很可能是記憶來了。文字可以攫住飛掠過的記憶，給它安身之處。那麼怎樣書寫記憶才能打動讀者？抽象的感懷難以動人，關鍵常常在於現實的細節。

　　〈灣仔之一〉充滿各種感官細節，聲畫俱備，讀者很容易投入箇中世界。小思從修頓球場上的球賽寫起，「忽然，這個地方，變得非常陌生」。為甚麼覺得陌生？因為眼前的高架射燈、地上的水泥、四邊的欄柵都是以前沒有的。環境的變化，喚起了她的童年記憶。原來以前修頓球場在傍晚後會有賣藝，有小食檔，都能吸引孩子。談到帳裏的表演，小思叫它「咚咚喳」，因為帳外總有人敲鑼敲鼓。此外，還有賣藝者響亮的呼叫、觀眾的笑聲和賣藝者拍打胸膛的聲音，聲景非常立體。聲音以外，當然還有畫面。小思的觀察相當細緻，例如寫環境，留意到「暗黃的燈光剛好照亮了小檔主人」，那幽黃的光線顯然異於今日明亮的高架射燈；寫賣武者，留意到他們「腰間束條已經有點霉氣的紅帶」，含蓄地暗示了基層的生活境況。

　　當自己的記憶和眼前的景象相差太遠，又沒有人證物證，人家可能會懷疑你，你也漸漸懷疑：會不會真的是我記錯了？這種疑幻似真的感覺，正是書寫記憶時值得發揮之處。〈灣仔之一〉的童年記憶似乎毋庸質疑，〈誰要記起〉卻說：「我常常對自己的童年記憶產生極度懷疑」。第一段只有一句，斬釘截鐵：「軒尼詩道是一條十分十分寬闊的大馬路。」然而第

二段就反覆起來了：「是嗎？是的，不是！」要說記憶中的軒尼詩道是幻覺嗎？小思卻記得很多細節，例如用水抹過的深色汽車在陽光下發亮，道旁建築之間漏出的「一條寬闊藍天」。若只說「寬闊」，難免流於抽象，小思便點出橫過的時間，以及「有段時期在中央還成了可停兩行汽車的停車場」，讓人具體感受到有多寬闊。然而旁人不信，小思也不禁懷疑一切都只是孩子的錯覺。最後小思確認記憶無誤，全賴一套紀錄片。小思鮮活地寫出了相關鏡頭出現前的緊張與期待：「鏡頭從莊士敦道與軒尼詩道夾着的紅磚禮拜堂推移，我心速加快，怕鏡頭無情中斷了。移前一點、一點……軒尼詩道在望，過了盧押道口，我雙手緊握座椅把手，對！」終於真相大白。回溯記憶，不總是可以一蹴而就，過程中的猶豫、期待與波折，全是動人的時刻。

　　軒尼詩道的真相呈現，似乎源於偶然；〈新亞怪魚酒家〉則顯然源於主動的查證。我們書寫記憶，除了從腦海打撈，也可以尋找客觀的物證來印證。〈新亞怪魚酒家〉提出了兩個疑團：正確的地址是哪裏？這個奇怪的店名的由來是甚麼？老灣仔都認為店子在軒尼詩道，印象源於「唐樓連走馬騎樓、天井吊橋，在軒尼詩道佔更多的面積」，小思則特意翻查地政署舊圖則檔案，確認正確位置應該是菲林明道十四號。至於店名，老街坊都不在意，小思卻查遍全港店名紀錄，雖未有發現怪魚酒家的紀錄，但最終輾轉得悉店名由她的朋友的父親提出。地址也好，店名也好，似乎無關痛癢，但如此費心翻查，正正展現了作者對酒家的感情。記憶不總是可以原封不動地隨意提取，往往要付出努力，才可以攫住若干片段。「怪魚」的名字令小思印象深刻，接着自然是對「怪魚」的具體描述了。原來店子有一堵牆，「繪畫了潛水銅人、美人魚和眾多奇形怪狀的魚」，還會在歲晚更新。小思當時年紀小，自然覺得這樣的畫面很新奇，還會跟其他孩子猜想更新後圖案的位置、姿勢有甚麼變化。對於酒家的記憶書寫，最常見

的自然是從顧客的身份切入，此文有趣之處，在於小思從未光顧，所以她既沒有點評食物是否美味，也完全沒有勉強牽扯到今日已成了濫調的人情味。她只是回到當日孩子的角度，好奇地細味牆上新奇的圖案、店裏傳出的粵曲，以及喜宴日子入席前在店外留下的未燃爆竹。到了結尾，小思從童年視角猛地拐進歲月的蒼涼：「天天對着那堵牆，夜夜看着酒席的燈光燦爛，這樣的童年，就過去了。」一個簡簡單單的「就」字，不動聲息地把時間撥快。隔着時間的距離，再愉快的記憶也不免帶點苦味，就像張愛玲在小說〈金鎖記〉中的話：「隔着三十年的辛苦路往回看，再好的月色也不免帶點淒涼。」小思所寫的記憶，何止隔着三十年呢？

記憶的疑幻似真，不只在於真假的辯證，也可見於今昔之間的快速剪接。書寫記憶時，記憶與現實未必要涇渭分明。上述三篇散文，今昔的界線非常明顯，〈渡輪的位置〉對天星碼頭的今昔溶接則快速得多。文章一開始，小思先寫自己遠觀「線條簡約的鐘樓，扁平的渡頭」，這是現實；然後「思路凌亂縱橫，時空變異」，現實融進了記憶，使她看見「穿唐裝衫褲的父親從塔形的天星碼頭走出來」。碼頭的線條變化，交代了時空的轉換，然而具體的時空終究曖昧：「是第二代碼頭嗎？竟然有點第四代的模樣。」接着小思回到了童年的視角，寫自己等待父親渡海而來，但又流露出回憶者的語氣：「那必然是星期六的中午。」小思寫的不只是某一刻的記憶，而是把星期六中午的多次記憶交疊在一起。值得注意的是，此文發表於二○○六年十一月二十五日，第三代碼頭即將清拆，自十一月十一日開始就有人以靜坐等方式要求保留碼頭。小思在文中寫出了對不同年代天星碼頭的記憶，比對今昔變化，例如「行人隧道多了幾個奏樂的流浪漢，報攤愈擺愈大」，又直言「對人們說的第三代碼頭，沒有甚麼感覺。」小思未必支持拆卸，但她懷念的第二代碼頭，早就被拆了，與當時青年人所留戀的第三代碼頭有點疏離。同是留戀記憶，不同世代的對象和重點

截然不同，小思淡淡地寫出了箇中對照，更見她的落寞。結尾提到「走過免費的卡口，微弱響聲顯示一個超過六十歲的人正在經過」，是相當精彩的象徵：人在經過，時間在經過，建築物和相關的記憶也在經過。最後，「一代又過去了。」

小思的記憶書寫，多少得力於歲月的距離，但即使是年輕人也可以書寫記憶，並從她的寫法汲取養分：如何用感官細節塑造鮮明的記憶景象？如何寫出記憶的疑幻似真，並從各種人證物證來印證真相？自己的記憶，和別人的記憶有沒有對照的關係？書寫記憶，往往不只是提取既有的畫面，而是尋索、反思的過程。（陳）

九、情理之間
——說理

【題解】

　　散文創作很少有純粹的敘事或寫景，大抵不是偏於情，就是偏於理，但兩者並非截然對立。這裏的情通常是指感情，例如親情、愛情、友情。但情字還有另一種用法，例如在情在理、不近人情，那是指一般人認同的相處或處事規範。「情」的這種意思也近於理，只是比僵硬的規則更能讓人信服。所以說理文章切忌放言高論，卻宜反躬自問，能不能觸動自己（內心的感情）、體貼人情（他人的感情）。有趣的是，兩者都可以由敘事、寫景著力。

　　小思的說理散文篇幅一般不長，但作者人情通達，感覺敏銳，能夠掌握不同道理的分寸，叫人讀來心悅誠服。本輯共選文五篇，前三篇屬於較早期的作品。〈陳〉發表於《中國學生周報》第九百零七期（一九六九年十二月五日）、〈霧散之前〉、〈秋之補筆〉分別發表於一九七七年三月七日和一月十七日《星島日報》的「七好文集」專欄。所談道理並不深奧，但發言姿態和表達方式都有可以取法之處。〈花匠的道理〉時代稍後，發表於一九八五年三月二十七日《星島日報》的「七好文集」專欄，弦外之

音若隱若現，令人沉思不已。最後一篇〈釋杖〉發表於二〇一二年一月七日《明報》的「一瞥心思」專欄，是近年的作品，已到了從心所欲不踰矩的境界，由平常可見的物件從容帶出層層深入的道理。

【文本】

隙

近這幾天，班裏有個學生很不開心。她鼓了一肚子氣，儘管我說到甚麼好笑的話題，全班都笑了，就只有她沒笑。還有，那本來緊貼鄰座的桌子，不知道是誰動手拉開──讓兩桌之間出現了一度罅隙。看在眼內，我可沒有作聲，因為：我只有等待！

多年來，我對學生座位的安排，都有一定方針：在第一個學期第一段考之前，讓學生自由找伴而坐。於是，老友多在一起了。也許，有些老師會不贊成這種方法，老友碰頭，那還了得？不談個翻天覆地才怪！但我卻認為：新學期、新組的班，往往使人感到有點「人地生疏」，身旁坐個老友，隨時照應照應，多少給人一種安全感，適應力也會強些。何況，在堂上，學生心血來潮，真要說起話來時，哪還理會身旁的是甚麼人！老友不老友，也一樣照談不誤！如果老師有辦法把課室秩序控制得好，就是十個老友堆在一起，也不會有甚麼不妥。到了第二段考──有時也會等到第二學期，我便會很用心的給他們一次大調動。這一次呀！必定幹得天怒人怨，彷彿把人家的骨肉拆散，或錯貼了門神──老友分開了、冤家死對頭相配成對：最頑皮和最乖的、最活潑和最固執的、平日早有心病互不理睬的……哈！果真熱鬧。可是，你們也別以為我會十分好過，因為，

此時的我，在學生心目中，便成了天字第一號壞人。暗地裏的怨罵，我倒可裝聾作啞，但怨聲載「簿」（周記），卻不由我不看，也得沉住氣對他們一一開解。不過，經驗告訴我們，這種風浪，總會過去的。又不是甚麼戴天之仇，只是小孩子式的嘔氣，多接觸了，取得協調和諧，絕不是件難事。不久，看見他們已經玩在一堆，我這個大壞人就可鬆一口氣。

其實，深深想一下，那道桌子之間的罅隙，就顯得十分天真和可笑。不是嗎？世界上還有哪種罅隙，能比得上人心與心之間，硬要做出來的距離？多年同學，既沒有甚麼刻骨銘心的深仇大恨，過的又是單純快樂而不可多得的學校生活，竟然不知怎的，會弄得三年兩載不理不睬。如今比鄰而坐，各嗇得連一個笑臉也收藏起來，那心的距離，還不夠寬闊？如此看來，不足一吋的桌子罅隙，又算得上甚麼一回事？

今天，我們敘首一堂，那是機緣。但，誰能預料我們還有多少時間？你就想想：今天在你身旁的那個人，明天分手後，可能便天各一方。三年不語，豈不太殘忍了點？

旁人對於那隙縫，是毫無辦法的。是誰造成那隙，誰便該去使它重合。所以，我在等待！

霧散之前

在維多利亞海港上，差不多航了一小時，渡輪還航不出白茫茫的四周，彷彿，根本就沒向前移過半步。忽緩忽急的機器響聲，和機輪轉動產生的微微抖動，好像只是個騙局，帶給乘客一種「動」的幻覺。

前方、左方、右方，傳來長短不同的汽笛聲，才叫人忽然驚覺，在迷茫的或遠或近處，會有另一船乘客，正和自己的遭遇相同，毫無自主地由渡輪載着，向要去的渡頭前進。

很難向你訴説一些特別的感覺，例如：原以為自己正航向觀塘碼頭，但衝開濃霧而來的，竟是北角碼頭附近的堤邊石欄，還差幾呎便碰個正着，船舵急劇一扭，避開了，又駛回霧中時的那種感覺。例如：半點鐘過去，探頭向窗外望，甚麼也看不見，不知道自己究竟在哪方位上，又像毫無把握能踏足岸上似的，人們全焦急站在窗前等待。忽地，幾丈之遙，微露對面駛來的一艘船的影子，有人緊張得抓緊窗沿，有人似從沒見過船般喊「船呀船呀」！有人抿着嘴默想撞船後該做甚麼。不到一分鐘，兩艘方向相反的船就那麼近 —— 近得連對船乘客的樣子也看見，然後又分開，各自沒入霧裏。哪怕是僅僅一刹那，卻給帶來了莫名欣慰：有人鬆一口氣，有人向對船揮手。畢竟，並不寂寞。這種匆匆一遇的欣悦心情，在平常日子裏，實在不容易有。

一小時的海上迷失、摸索，船終緩緩靠岸了。水手高聲招呼岸上的同伴，乘客有點急亂趕忙離船，穿工人服的男人喃喃道：「那麼遲，怎辦？」……人上了岸，散向各方，把剛才憂慮拋開，大概又要為誤點上班而發愁了。

濃霧依然，這船正滿載另一批人，朝着相反方向，開始他們的迷失、摸索。

也許，只有迷失和摸索過，才能悟得找住方向的寶貴；只有在海上漂浮過，才明白踏足實地的可喜。

秋之補筆

朋友自遠方，用航空郵寄來一束白蘆荻。冷不提防會收到這樣的禮物，開啟盒子後，瞪着柔柔的白絮，有些已因旅途顛簸搖落了。儘管説着：「真傻！真傻！怎麼會寄一束蘆荻來？」心早飄向那年的秋……。

一個晴朗的秋日，看罷滿山楓葉，我們還沒歸意，說「難得那麼好天閒情，放浪一下又何妨？」便連地圖也不看，在山間田野亂轉。忽然——這個「忽然」啊！也忘了從哪座山峽一轉個彎，就看見一大片白蘆花，迎着風在搖擺。從沒見過這樣多、這樣白、這樣高的蘆荻，像在天地間設了一幢柔絲白紗帳，我們呆了，比看楓葉的狂醉，竟又另一番境界。

這一片天地，飄着淡淡草香，我跑近蘆荻叢，就可以藏起來。捉迷藏該多好玩，但我們都沒有意思玩這「粗重」玩意，只靜靜坐下來，讓蘆花灑得滿頭滿襟。「你知道麼？陸龜是這樣寫秋的：『是西風錯漏出半聲輕歎，秋葭一夜就愁白了頭。』友人送給他一枝蘆花，插在花瓶裏，說『送你一個秋。』於是他便把秋藏在書房裏，藏在夢裏。」漸漸，我們全說着有關蘆荻的故事。朋友試折一管蘆作笛，吹不響，依然堅持要帶回去。我嘲笑他欠缺神仙的精靈，蘆笛啞了；他責怪我的迂腐古老蘆花故事，嚇走了美麗聲音。……

我們沒有再到那地方，想念是十分想念，只是那個秋還有銀杏、有紅楓、有黃菊，在取捨之間，「遙遠」成了不去的關鍵。遙遠……望着手中一束白蘆，似乎比那年看見的還柔弱。在一個陰暗清寒的冬日裏，朋友果要送來如此遲的秋！

秋，也是在自然天地中好，困在瓶裏夢中，會變得閒情的憂傷。不懂得怎樣處理這不長在原野的生命，只好，依舊放回盒子裏。

如果我還欠一首秋之小令，就讓這兒作個補筆吧！

花匠的道理

春意已濃，校園又是一片叫大學生驚惶的花海，但，奇怪，只有文

物館外的一叢矮枝，卻仍然枯黑，看來與今春了無關係。正納罕是去冬太冷，冷壞了枝幹，還是施肥不足，就看見花匠用鋤頭一下一下把泥土鬆開，又把一棵棵枯枝連根拔起，再扔給旁邊助手，紮起來像扎營養不良的柴。

為甚麼要連根拔起？難道沒有別的解救方法嗎？我站在旁邊看，很不以為然。一定是花匠偷懶，沒耐心多做點功夫，乾脆拔了病枝再植新枝。但再看看，花匠每拔起一棵枯枝，就在泥土上撥撥挑挑，很快找到兩三塊像大拇指般大的東西，粉紅色帶點褐斑，軟柔柔捲曲着，花匠找到就扔到一個塑膠盆裏，原來早已滿滿一盆了。我湊近去一看，竟滿盆是蟲——肥大柔軟，粉紅色帶褐斑的蟲，還在盆裏蠕動。

我的毛孔一鬆，卻又沒頭沒腦問了一聲：「是蟲嗎？」花匠抬起頭來，瞟我一眼，「是，是蟲。」「哦！難怪枝都枯了，你怎知道土裏有蟲的？」大概這是很笨的問題，今回，花匠連頭也沒抬起來：「枝枯就是根死的緣故，根給蟲吃了，蟲必然在泥裏。」「枝已經不能救了嗎？去了蟲，不拔根，成嗎？」還是個笨問題，今回，花匠卻站直了身子，雙手按着鋤柄，也不看我，對着未拔完的枯枝，自言自語地說：「根都死了，枝還能活下去嗎？沒得救，只好重新翻土下藥，絕了蟲，再插新枝。不這樣做，蟲會繁殖，連累別枝的根也給吃了。」說完又低下頭去繼續工作。沒有別的解救辦法，花匠的道理就是這麼簡單！

我這個外行人，還有甚麼疑問？還有甚麼不以為然的？根死的枝必須拔去，有蟲的土必須重翻，若要花繁葉茂必須再植新枝，愛惜枯枝不是辦法！這就是花匠的道理。

釋杖

自持杖行走後，不知是否心理作用，竟發現街上有許多持杖的人。細心觀察，原來持杖姿態有同有異。

《集韻》：「杖，所以扶行。」故雖然又可名為「扶老」，也不一定給老人家用，陶潛《歸去來兮辭》：「策扶老以流憩，時矯首而遐觀」，可見旅行登山涉水，不論年齡也可扶杖。不過當然，健康健步的人，不會平白無事，在街上平路扶杖。正因步履不穩者就要倚靠杖來扶持，持杖姿態必須正確才有效。

閱清人曹庭棟《養生隨筆》，首要是杖形制：「其長與腰齊，上施橫幹四五寸，以便手執。」而「扶杖當用左手，則右腳先向前，杖與左腳隨其後，步履方為穩順。」我試觀自己用杖果然齊腰，橫幹不足三吋，卻剛配手形。至於當用左手，則不合規格，因我慣用右手，這樣自然左腳先向前了。況且我是左腳較痛，結果助力不大。我再看專售手杖的杖坊給我《如何正確使用手杖》指引，方發現用法完全錯誤。要從頭學習，頗見困難。

杖，為了借力，所以手力也很重要，手腳相顧，才配合得宜。如果杖身過重或不穩，都很危險。我見有些人用的手杖，既重又不穩，再加上如我的錯法，就用了等於沒用，有時連肩關節也疼痛起來。

事不經過不知難，小時候看着差利‧卓別靈把小手杖搖來搖去，十分瀟灑，誰料他不是用來借力 —— 也許這道具暗喻他身無長物，身世卑微，只靠小手杖借力。如今必須借力扶持，恍然大悟，要倚杖，也需懂得方法。

【賞析】

　　事理的判斷和知識有關，但知識不限於課堂所學和書本所載，古語說「世事洞明皆學問」，就是這個意思。洞明世事需要人生閱歷，無法速成，不過寫作說理文章時，起碼應該避免居高臨下的態度，避免不加反省地套用大道理，要承認個人能力的限制，有多少體會就說多少。這是最基本的一步：重視人之常情。

　　〈陳〉寫於小思任中學教師時，以學生為寫作對象，由一件事情談到青少年之間日常的磨擦。成年人往往認為學生衝突的起因微不足道，提出的建議多半就是寬恕包容吧。但在當事人心中，感受的比例就不一樣了，怎可能因為幾句抽象的教條就平息怒氣呢？小思很具體地告訴讀者，她身為老師怎樣費煞心思安排同學的座位，那些衝突其實是有意給學生的人生訓練。用意雖好，如果認定勸解馬上生效，那就流於生硬的說教了。小思坦然地說：「旁人對於那隙縫，是毫無辦法的。是誰造成那隙，誰便該去使它重合。所以，我在等待！」這才是合情合理的說法。

　　〈霧散之前〉也是即事言理的典型寫法。所言的道理不過是「只有迷失和摸索過，才能悟得找住方向的寶貴；只有在海上漂浮過，才明白踏足實地的可喜」。這篇文章的優點在於細緻地描述在渡海小輪上遇上濃霧的情形和心境，把道理還原為具體的感受，到收筆才將感受提昇為普遍的道理。這種寫法比開篇先立論、繼而舉出例子、最後肯定論點成立的樣板寫法，有吸引力得多了。其實，我認為把那幾句道理省略掉也未嘗不可，因為前面的刻劃已經足夠傳神了。

　　〈秋之補筆〉所說的道理有點玄妙，可以稱為「哲理」。哲理散文是小品文的常見類型，有時近似散文詩。哲理、詩意與硬繃繃的道理不同，表達的可以是一種價值取向，因此感染力重於說服力。在本文中，小思認

為「秋，也是在自然天地中好，困在瓶裏夢中，會變得閒情的憂傷」，這當然是「一種」看法，讀者可以認同，也可以反對。既然如此，我們不妨暫且放下同意不同意的判斷，轉而思考讓「秋」留在「自然天地中」的態度，背後的意思是甚麼。那位朋友由遠方鄭重寄來一束白蘆荻，是回應多年前小思向他講述過的陸蠡散文〈秋〉的片段。而在大家變得「遙遠」了之後的今天，小思忽然收到這束白蘆荻，有感而發地說這「如此遲的秋」，只好「依舊放回盒子裏」。白蘆荻的寄意，不是很清晰嗎？這與其說是談普遍性質的道理，毋寧說是以哲理的形式表達個人的感情。

以上兩篇，乍看是常見的說理散文，但有個人的體會和感情作支撐，通過敘事和寫景呈現出來，所以道理並不空洞枯燥。

〈花匠的道理〉是說理文章的進階變奏版。文章寫一個由花匠處聽來的道理：根部長了蟲的植物必須整株拔掉，然後翻開泥土，以農藥徹底除蟲，才能再插新枝，否則蟲害將禍及周邊的植物。這篇文章令人聯想到明代劉基的〈賣柑者言〉、清代龔自珍的〈病梅館記〉等取材於植物的寓言。〈賣柑者言〉說杭州有一個人擅長保存柑橘，經年不腐爛，色澤如新，但切開來內裏已經壞掉，還有一股刺鼻的氣味。有人質疑賣柑者欺詐，賣柑者卻說幹這種事的豈獨我一人，現在朝廷上居於高位的，不也是金玉其外、敗絮其中嗎？〈病梅館記〉則說文人畫士喜歡梅樹長得彎彎曲曲、歪歪斜斜、枝葉稀疏，種梅的人為了迎合他們的偏好，狠心把健康的梅樹弄得病懨懨的。作者買了三百盆梅樹，都是這種「病梅」，痛心不已，立誓要以五年為期，把病梅治好，更期望能有足夠的時間和資財，以畢生之力來拯救梅樹。

〈賣柑者言〉直接道出批評高位者的寓意，〈病梅館記〉雖然沒有明說，讀者不難猜出「文人畫士」也同樣是有勢力的人，甚至是指統治階層。中國文學裏植物寓言的傳統，小思一定不會感到陌生，這篇〈花匠的

道理〉正與〈賣柑者言〉、〈病梅館記〉同出一門,但自有創新之處。小思聽了花匠的話,沉思:「我這個外行人,還有甚麼疑問?還有甚麼不以為然的?根死的枝必須拔去,有蟲的土必須重翻,若要花繁葉茂必須再植新枝,愛惜枯枝不是辦法!這就是花匠的道理。」花匠既是專家,道理又簡單明確,憑「我」一個外行人,有甚麼資格置疑?但我們由重複的「還有甚麼」、「必須」等語,似乎聽出一種焦急無奈的語氣,一種不認同的心情。誠然,「這就是花匠的道理」,不過難道世間就沒有其他道理?關鍵就在「愛惜」。花匠的救治方法直接有效,但前提是他不會因為「愛惜」害了病的枯枝,而下不了手。小思應該不是反對花匠正在做的事情,而是由此聯想到其他,例如她本行的教育。她彷彿說,變壞了的學生,就可以狠心「拔去」,以防累及其他學生嗎?當然,我們也許想多了,小思或者真的是捨不得那些仍有生命的枯枝。無論如何,這是進退維谷的困局。說這篇文章是說理的進階變奏,因為小思要表達的是,有道理不一定讓人心安,也就是說了一個「道理也有極限」的道理。「道理也有極限」,不是很合乎常情嗎?

　　〈釋杖〉的寫法由絢爛歸於平淡,內涵卻豐富深邃。小思左腳受傷,買了手杖助行,因而發現正確使用手杖也不簡單。題材源自真實生活,短短的文章引用了《集韻》、陶潛〈歸去來兮辭〉、清人曹庭棟《養生隨筆》,以及隨手杖附送的《如何正確使用手杖》指引,不是為了炫耀學問,而是因為讀書人遇上問題,習慣於書本中求解答,在求解過程中逐漸分辨出真假的知識。小思對古書中以「扶老」作杖的別名、《養生隨筆》所載持杖方法,提出異議,又指出手杖運用不當可引致肩關節疼痛,都是自身體驗所得,說來分外親切,頗有周作人小品隨筆的風味。最精彩是末段,憶起小時候看電影,飾演小人物的差利‧卓別靈常常舞弄手杖,當時覺得他很瀟灑,到自己用過手杖才領會到,那是因為他的手杖不是用來借力。

「也許這道具暗喻他身無長物，身世卑微，只靠小手杖借力」，這樣解讀經典電影，實在別開生面。小思還進一步說，「如今必須借力扶持，恍然大悟，要倚杖，也需懂得方法」，「借力扶持」、「懂得方法」當然是語帶雙關，既指手杖，也指世情。道理說到這境界，已不僅是寫作技巧所能為力，在在需要人生閱歷和智慧。但上面反覆強調申說的反求諸己、合乎人情，相信仍有助於提煉出並不僵化的道理。(樊)

十、人像素描
——人物描寫

【題解】

　　優秀的畫家繪畫人像，往往不滿足於勾勒形態，更要透視人物的內在精神。本輯以「人像素描」來類比散文的人物描寫，然而選文無意為外形多費筆墨，未有應用中學課本常常強調的「肖像描寫」技巧。人心不同，各如其面，寫人的方法也千變萬化，成敗在於能否具體呈現對方的個性，不在於技巧的盤點。另一方面，寫人時往往也會折射自己，而雙方關係正是文章最動人之處。

　　小思的人物描寫，以寫師長和父母最多，寫同輩朋友卻不多見。〈父愛〉、〈睇大戲〉、〈母親的說法〉發表於《明報》的「一瞥心思」專欄，日期分別為二〇〇九年二月十五日、二〇一〇年三月十三日、十四日。三篇都寫至親，主角或是父親，或是母親，都從對照中凸顯二人個性。其中〈睇大戲〉、〈母親的說法〉緊接發表，內容也有明顯的呼應，不妨視作一篇文章的前後部分。〈鼓勵我寫作的生物系系主任〉發表於一九八八年七月二十三日的《東方日報》，〈憶行山前輩〉發表於二〇〇九年三月一日《明報》的「一瞥心思」，都寫師長。父母、師長的個性各異，有的可親，有的可敬，在小思筆下都顯得鮮活可感。

【文本】

父愛

我筆下常見母親影子，卻少見父親形象，朋友曾質疑我對父親是否存偏見，或父女關係疏離。其實剛好相反。

最近在古劍編的散文集《父愛》中，讀到汪曾祺寫的〈多年父子成兄弟〉，才恍然大悟，父親形象可以這樣子。

母親管教極嚴，行為必守分寸。父親卻調皮好玩，常被母親說「右厘正經，教壞子孫」。他愛編造故事，我聽了也分不出真假。他帶我逛西營盤，繪形繪聲講花街阿姑怎樣倚欄招客，塘西花月痕，對他來說，是青年時代一番韻事。有一次他聽母親跟我講桃園結義，到逛街時就告訴我另一故事：劉關張三人同是神用麵粉揉成，放進焗爐裏，由於疏懶，時間掌握不準，拿出來就變成黃紅黑三色。父母親愛看幾份報紙，母親注重國際新聞，他愛各式雜俎，要我代他剪存許多古怪東西。母親教我記住梁山泊一百零八好漢名字，他卻教我認得字花三十六個古人。可能他很想玩，不理我是個女孩子，總教我玩粗魯玩意：舞獅頭、打獅鼓、用鐵玩具關刀方天戟打北派。故我懂啲啲兩聲敲鼓邊起鼓，懂舞兩下獅頭。打北派基本起式是舉刀，有一回父女對打，把吊燈罩打爛。

他隨和，母親去世後，讓我召朋引類回家玩，我的同學也和他亂鬧一通。我父女倆幾乎包看了國民、環球戲院的所有電影，他帶我走遍大街窄巷，我深信是他教曉我通識。他跟汪曾祺父親最不同的是不關心我的學業，小學畢業，我問他該怎辦？他一句話：「自己決定啦。」父親給了我另一種培養，到今天，我仍念念他的頑皮笑容。

睇大戲

舊時香港，小市民最普遍娛樂是看粵語片與睇大戲。一般人回憶兒時睇大戲，多跟隨母親姨媽姑姐進戲院，我剛剛相反。母親不喜粵劇，應該説她不喜看戲，只愛看書，更怕我看戲入迷，會心散，管得嚴，不准多看。父親卻是個戲迷，幾乎逢戲必看，他寵我，每逢新班開演，總為我向母親求情，准去看一次。

小孩子在大鑼大鼓喧噪聲中，只知大紅大綠，個出個入，甚麼劇情，多不理會。有趣動作，易記口白，記住了回家與父親玩起來，可是往往出亂子，惹了禍，累母親生氣。有一次在年宵市場買了鐵關刀方天戟回家，父女二人就在騎樓對打，手起刀落，把玻璃燈蓋打爛。另一次父親教我揮鞭策馬架式，跑起來一揮馬鞭，便掃了暖水壺落地。我也習文，不一定打殺。父親不在家，沒了對手，我拿了他的唐裝褲，把褲管分開倒套在雙手作水袖，揮袂關目，似模似樣。

看不懂的戲文，有時好奇問父親，他的不正不經的答案，讓母親知道，總會罵他為老不尊。看《六國大封相》，有幾個人頭戴像字紙簍的帽子出場，揭起字紙簍高聲喊「喝呵」，我問甚麼意思？父親説即係無名無姓之人。公孫衍（那時候不知道坐車長鬚的叫這名字）為甚麼在台上來來去去不入場，父親説因為蘇秦封了相忘了給他利市。台上主角從椅子起來，站在後邊的婢僕把椅子移開前，必提起椅子大力在地上頓一下，我問何故？父親説要他們搬枱搬櫈，故發脾氣。這就是睇大戲時父親對我的「教育」。幸好，我有個回家向母親作匯報的習慣，靠母親一一澄清，倒令我上寶貴一課，歷史民俗盡在其中。

母親的說法

從小，我就是從父母親兩種不同「教育」中成長。

且看，母親對睇大戲的問題，與父親的說法完全不同。

講起《六國大封相》，母親自然從春秋戰國歷史說起，「有名有姓的，出到台前必自報家門：孤家燕國文公……從政治地位上數，表現身份者都可報上名來。至於站邊拉扯，烘托場面的小人物，又沒表演做手功架機會，只好讓他們高喊一聲『喝呵』，大概與廣東話做事不成氣候者稱『乜咁喝呵㗎』同義。」六國大封相，主角不是蘇秦，而是代表六國前往頒旨授命的公孫衍。為甚麼他在台上來來去去不入場，原來「既讓他坐車顯盡腰腿功架與鬚功外，還表示古人相送時的禮儀，一再回頭，目送客人遠去，才正式離開。禮義周周，與等給利市毫無關係」，父親分明以世俗觀念聯想出來，令我「中毒」。其實，直到今天，許多長輩還守着這禮儀，多次我去探望老前輩，臨別時，他們都會站到門前相送，我也頻頻躬身說「請回」。日本人也守這禮，曾有法國漫畫家諷笑日本人，道別躬鞠，直到遠去，用望遠鏡瞧瞧對方仍在，大家繼續鞠躬如也。至於戲台上挪椅櫈前，一定提起用力頓一下，母親說這是重要的提醒作用。人家站起來，不知道你會移開椅子，冷不提防再坐下去，就會坐個空，栽倒了，很危險，故習慣大力頓一下，好讓人家注意。正因這教訓，我代人移開椅子時，一定小聲提醒。母親還教導，若把易碎物件遞到別人手上，放手前也應輕聲說「我放手啦」，免得一時誤會，大家同時放手，摔掉了，不知誰該負責。

母親的說法，對我來說，一生受用。

鼓勵我寫作的生物系系主任

鼓勵我寫第一個專欄的老師，竟是與中文科毫無關係的新亞生物系系主任，那不能不說是異數。

我常常想起任國榮老師！

大學第一年，我選修的科目很雜 —— 現在看來，倒符合了通識教育的精神，既選了「經濟學概論」，也修了「生物學概論」。為甚麼選上經濟系的課，已經忘了原因，但選生物學這一門課，是因為中學時受過鄺慎彷老師的嚴格訓練，產生濃厚興趣，何況，教授是「師祖」，算是一脈同門，自信聽課毫無問題。誰料，上了第一次課，我便暗自叫苦，大學的教學，無論內容與方法，與中學分別很大，而最難過的是師祖任國榮老師好像頂不喜歡中文系，我是班裏唯一唸中文的學生，堂上他多次挖苦唸文科的人，我以後就成了給他挖苦的好對象。

他很嚴格也很苛求，答他的問題，錯用一個字眼，都會給他罵一大頓，而我，幾乎沒有例外，每一課，都成為他發問的對象，以後日子怎麼過？我只得乖乖用功備課，以為拿好成績給他看看，就可「免疫」，但我猜錯了，並沒因「乖」而令他放過我，有一次，他居然對全班說，把課本裏的東西唸得滾瓜爛熟的，不等於好學生，可能是最沒思想的人而已，氣得我直跳腳。

儘管如此，他的課卻的確好，我學到的不只是生物學知識，還有思維方法。所以，雖然上課時，往往嚇得面無人色，—— 隨時變成他話題一部分，例如有一次，他在講自然現象，不知道怎樣說到雲層，他就忽然指着我說：「不要以為作詩，白雲啊！天上的雲呀咁簡單。」逐漸，我也習慣了他的態度，把他那即興式挖苦看成調劑節目。

一學年過去，我學到的是一套科學理念，和一些日常現象的學理解

釋。暑假，我到台灣去旅行了一個月，帶回來的是一肚子感想。有一天，我經過生物系主任辦公室門外，任老師看見我，微笑招手：「細路，唔見咁耐，去邊呀？入嚟坐吓啦！」以後，每星期，他都說一次這樣的話，而我就會坐在他辦公室裏，喝杯香片茶，跟他聊天，——談的竟是文學和創作，你說奇不奇怪？他的中國舊文學根柢很好，這是修他一年課後才知道的，但他很不滿意一些傳統中迂腐的讀書態度，認為不問根由地一味服從權威諸家註釋，不夠科學，這也正是他挖苦唸文科的人的主要原因。由於我剛從台灣回來，不免就向他說了一些看法。他聽了，就對我說：「這些看法很特別，為甚麼不寫出來，給人家看看呢？寫好拿來給我看！」本來，我還是很怕寫成的東西又成了他挖苦對象，但我實在有太多感想，卻不知道說給誰聽，竟然有無比勇氣，寫了就拿給他看。過了一個星期，從他手中接過那些稿，發現他用鉛筆做了許多批語，指出了思想上、文句上的問題來，他的認真，令我既驚訝又感動，一時說不出話來。他還不斷鼓勵說：該拿給更多人看，於是，我便下定決心，拿去《中國學生周報》發表，那就是我第一個專欄「一月行」的由來。以後，我寫了東西，都拿給他看，經他近乎苛刻的挑剔和適當的鼓勵，我會一字一句的修改。三年，沒有間斷過。離開新亞，就再沒有這種好機會，但我下筆寫文章時，總十分謹慎，彷彿聽見任老師說：「細路，唔係白雲啊，天上的雲呀咁簡單。」

憶行山前輩

每遇高山而無力行走，不禁愧對當年教我行山的老前輩。

大學一年級開始就跟生物系同學去行山。系主任任國榮老師苛嚴無比，人人得準時抵達目的地。我個子小，遇大石而攀爬不上時，他從不加

援手，只在旁說：「自己試吓爬啦！」等到我千辛萬苦爬到頂，他就半嘲半勉地說：「細路，咁咪終於得囉。」我永誌於心是他的冷磨練、熱鼓勵。

離開大學，當上中學教師，身子虛弱得很。往往不問情由狂流鼻血，又忽然暈一陣。認識《中國學生周報》文友李君聰，他每星期天糾集了一群人，如陸離、石琪、黃昭陽、香山亞黃等，跟他哥哥李君毅先生的「山海之友」去行山，叫我也去鍛鍊身體。

每次我們都由李君毅先生和一群熱心服務行友帶領，走遍山嶺石澗。李先生步履如風，總是最早到達高點。等我氣喘如牛走到他身邊，他就講好多新鮮當地歷史、故事，做人道理、教訓，說個不停。記憶最深是他有一次這樣說：「我和母親在太陽撫摩下，欣賞自然風景，很幸福。」我第一次聽到「撫摩」如此用法。而眾多旅程中，印象難忘是走麻雀嶺、登嶂上那兩程。

麻雀嶺沒路，必須半爬半攀。有些陡峭石壁，要由服務行友設繩索助力。我到半途，已無餘力。李先生在上面看見，再走下來，從後把我推上去。嶂上的天梯本來已經要命，那天竟遇大風雨兼暴冷，我們全身濕透，冷得發抖。李先生想盡辦法，請頂上村民煲些開水和紅豆粥給我們喝。

捧着粗碗喝下一口熱水的一剎，才知是寶。

兩位前輩先後離世，回想起來，也才知是寶。

【賞析】

人物描寫，我們早就在中小學作文課上寫過無數次了，理應駕輕就熟。然而假設一班有三十篇〈我的母親〉，這三十位母親會不會顯得一模

一樣？看似人人都會寫的題材，其實更值得深思：如何突出人物的個性和實感？如何從中透現彼此關係？如何喚起讀者對這些陌生人的感受？

傳統的父母形象，總是父嚴母慈，性別分工清清楚楚，現代世界卻可能剛好相反。〈父愛〉以父親為主角，但也旁及母親，以作襯托。父親「調皮好玩」，母親怨他「冇厘正經，教壞子孫」。為甚麼這樣說？小思寫出的事例都令人印象深刻，例如母親跟女兒講了桃園三結義的故事，父親卻大肆虛構，說劉關張都是神用麵粉揉成，由於放進焗爐的時間不對，就變成黃紅黑三色。這位父親顯然不打算維持父親的權威形象，也不在意文史知識，寧願借題發揮，說出讓孩子難辨真假的笑話。母親「管教極嚴」，父親卻沒大小，教女兒用鐵製武器打北派功夫，在家對打時打爛了吊燈罩。父親像孩子一樣充滿好奇心，自然樂意和女兒滿街走，儘管從不在意她的學業，小思仍認為他「教曉我通識」，「給了我另一種培養」。如此形象，肯定不是無可爭議的父親楷模，卻有趣可親，難怪結尾小思說她仍懷念「他的頑皮笑容」。在典型的想像裏，「父愛」總是由上而下，小思卻寫出了友情般的父愛，打破了傳統的刻板形象。寫父親的文章何止千萬，此文勝在用鮮明有趣的事例寫出了與眾不同的父親。

〈睇大戲〉也寫父親頑皮好玩的形象，只是題材更加集中，事例都與粵劇有關。這次用來襯托的，除了自己的母親，還有別人的父母。人家大多隨母親進戲院，小思的母親卻不喜歡粵劇，反而父親才是戲迷，「為我向母親求情」准許她去看戲 —— 父母之間的強弱關係，便在這樣的細節裏輕輕暗示出來了。小思並非只愛好玩的父親，母親也不總是配角，〈母親的說法〉便把鏡頭轉換到母親身上，延續〈睇大戲〉的線索。父親在〈睇大戲〉中對《六國大封相》的胡亂解釋，在〈母親的說法〉中被全部推翻。值得注意的是，母親不只想修正父親的胡言，還要從戲曲背後的傳統禮儀引申教訓，告訴女兒如何待人接物。如果說父親給了小思好奇的眼睛，母

親則給了她一生受用的教訓，二人互相映照，形象就變得更加鮮明了。

上述三篇散文，描寫對象的形象始終如一，父親一直可親，母親一直可敬。然而，人物形象和關係的變化也可以為人物描寫帶來活力，〈鼓勵我寫作的生物系系主任〉就寫出了對老師由抗拒到敬愛的心態轉變。題目提到「鼓勵我寫作」，令人期待任老師親近中文系學生，沒想到他「好像頂不喜歡中文系」，還不斷追問、挖苦小思這個班上唯一的中文系學生。為了「免疫」，小思便用功備課，期待令對方改觀——這看似是二人改變關係的契機，任老師卻當眾說一味背熟可能只是代表沒思想而已，似要否定她的努力。讀者的期待一再落空，二人的衝突也飆上了高峯，任老師接下來才慢慢展現出他的另一面。

首先，「他的課卻的確好」，即使是挖苦也非全無意義，能啟發思考。比如他講自然現象中的雲層時，指着小思說「不要以為作詩，白雲啊！天上的雲呀咁簡單。」這固然令學生難堪，但也一下子打通了科學和文學的藩籬，教人從新角度觀察事物。後來機緣巧合，任老師開始定期和小思喝茶聊天，這才揭開他討厭中文系以至文科的理由：他討厭的不是文學，而是迂腐的讀書態度，盲從權威註釋。當小思說出自己的想法，任老師知道她不是自己討厭的那種學生，彼此關係就變好了，他甚至替她批改文稿，鼓勵她發表。小思在文章結尾說，現在一下筆就想起任老師那句「細路，唔係白雲啊，天上的雲呀咁簡單」，這對白跟之前引述的差不多，感覺卻完全不同，尖酸的挖苦變成了長輩的善意提醒，收結得相當巧妙。口語的運用，突出了任老師佻皮的感覺，一洗他嚴厲的形象，顯得可親。

〈憶行山前輩〉也提到任國榮老師，只是描寫對象由一個變成了兩個，二人的形象明顯有異，但對照的關係不像前述寫父母的散文那麼明顯。任老師所佔篇幅不多，形象依然嚴厲，行山時學生攀不過去，他只會說：「自己試吓爬啦！」如此態度，看似冷漠無情，小思則感念這樣的「冷

磨練、熱鼓勵」。寫人的文章往往同時反射了作者的個性，任老師在兩篇文章中的言行都未必是典型的模範教師，然而作者看到嚴苛的價值，足見其堅毅好學。任老師顯然不是〈憶行山前輩〉的主角，因為大半篇幅都在寫李君毅先生。李先生像導遊也像老師，能介紹當地歷史，也能講故事和道理；他也像詩人，會用「撫摩」來形容溫柔的陽光。在知性和感性上，這位行山前輩都能給人啟發。李先生的形象也隱隱和任老師有所對照：任老師堅持讓學生自己跨越難關，李先生則會適時援助。平日李先生「總是最早到達高點」，靜待小思「氣喘如牛走到他身邊」；但當他發覺她無力攀上陡峭石壁，他也會走下來幫忙，從後把她推上去；當同行者因風雨而全身濕透，他會請村民煲點甚麼給大家暖身。這多少也反映了小思跟二人的不同關係：任老師是嚴師，李先生更像朋友。結尾寫風雨中喝下熱水時「才知是寶」，再由物及人，引申至「兩位前輩先後離世，回想起來，也才知是寶」。如此收結，可以深化敬悼之情；若求簡潔含蓄，或可在第一句「才知是寶」煞住，讓讀者自己發現風雨中的熱水和任、李二先生的共通點。

　　總括來說，人物描寫的關鍵在於突出個性，描畫關係。人物個性最能在比較中彰顯，即使不直接端出比較的對象，下筆時仍不妨注意，自己的描寫會否落入刻板的典型，以致千人一面？也宜一併呈現自身與描寫對象的關係，讓讀者感受到情感的溫度，脫離冷冰冰的人物檔案的層次。（陳）

十一、莊諧偏重
——幽默

【題解】

　　小思的散文有沉重，有輕靈，或細緻，或尖銳，尤其能以深情動人。但雖然文章基調親切家常，卻鮮見更進一步的幽默詼諧，總體面貌是莊遠多於諧，呈現的人生態度是誠懇認真，而非遊戲人間。不過細心閱讀，也可以找到極少數的例外。幽默的小思難得一見，也就彌足珍貴。

　　本輯共選四篇散文，〈緊張〉、〈緊張地放鬆〉、〈那一夜〉發表於《星島日報》的「七好文集」專欄（一九九三年七月一日、一九九五年一月二十八日、一九九七年九月九日），〈對付塵世〉發表於《明報》的「一瞥心思」專欄（二〇〇七年八月二十六日），都是九十年代以來的「新」作。有人說幽默是心智成熟的表現，似乎有些道理。

【文本】

緊張

好天良夜，人家吃得正興奮，忽然問：「食食吓落雨點算？」這是我個性的最佳例證。

唸中學的時代，我的綽號叫希治閣；在同學心裏，不單指「緊張大師」，而是一句歇後語：「嚇死人冇命賠」。

同事間也流傳一個我的緊張事例：一次在沙田夜宴，兩個熱葷上過後，我打開手袋，拿出小錢包，再拿出一些零錢，鄰座同事以為我要去洗手間，就說：「裏面沒有服務員，不必帶錢。」我一時接不上她說甚麼，「誰要去洗手間？零錢是等一會散席，坐完火車再轉隧巴時用的。」從此，這件事成為笑柄。也有人好奇地刨根究柢問：從吃翅到上隧巴這段時間內，我是不是死捻着零錢在手裏不放？

緊張，是我家族的「傳家寶」。嚴格來說，應該是傳自母親。也舉一個印象深刻的例子說說。

一九四五年第二次世界大戰之後，和平了，香港人仍是生活艱難，父母維持一家幾口生計真不容易。記憶中，母親總是臉容愁苦。從她口中，我聽到內戰烽煙、甘地不抵抗主義……有一天，她買了一擔白米回家，告訴我們說：「要打仗了，恐怕第三次世界大戰要來。記得日本仔打香港前，幸好我買了一擔米，我們一家才捱得過淪陷後缺糧的艱難日子。米，好重要。」以後，我家裏總有一擔米存着。一晃快五十年，母親墓木已拱，但第三次世界大戰還沒有來。假如母親還在，她就平白緊張了五十年，而肯定，我家仍會存一擔白米。

童年，在天天逃空襲中度過，我不說：「食食吓落炸彈點算？」已經表示我學曉放開愁懷，進步多了！

緊張地放鬆

一疊照片，最近拍的，友人交給我。

有些是在我不察覺的情況下拍，有些是一群人很刻意：「我們來合照」就呆呆站着坐着拍。

每張照片，幾乎無一「倖免」，我的雙手，擺了相同的姿勢：一手握拳，一手緊緊也握在握拳的手上。驟看起來，好像給人用繩子紮着，還有點掙扎的樣子。

真可笑！身體語言透露了甚麼心理？

你緊張甚麼？

緊張。有甚麼好緊張的？又不是打靶行刑。瞿秋白行刑前的照片才瀟灑呢！雙腳擺成很悠然的姿態，雙手隨意得很，一臉從容，在小亭前那麼站着，是個風景前的旅人面貌。我嘛，不過去旅行，緊張甚麼？

朋友說，放鬆、放鬆。

香功師傅說：放鬆：頭鬆、頸鬆、肩鬆、背鬆、腹鬆、腰鬆……

每當睡醒，總發現自己雙肩聳得很高，雙手握拳，沒有夢，倒似在夢中挑過重擔，或者打了一場架，疲累得很。記起人家說：放鬆，我就立刻舒一口氣：唉！強迫自己雙肩垂下，雙掌攤開。簡直荒謬，這樣認真緊張地放鬆！

於是，我想到自己的腦袋。

腦袋的組織很複雜，一團團腦膜包住的甚麼大腦小腦，密密麻麻，擠擠擁擁。如果緊張起來，會是怎麼的一個樣子？

於是，我想到自己的心。

電視上「救心」廣告，一個個拳，一下放一下收，象徵了心的律動。收緊了的拳，心會怎樣？

看着握着拳的手，想起看不見的腦和心，嘩！好緊張！彷彿感到自己：紮埋一舊。

放鬆、放鬆，不要緊張，等一會兒，我們去喝下午茶，去米埔看鳥，去郊外看雲吓？

那一夜

炎夏，京都之夜，竟泛涼意，感覺很陌生了。

夜色中，二條城在泛光燈照耀下，如歷史幽靈矗立，沒想到借宿一宵的旅客就在二條城對面。

深夜，街頭是一般應有的寂靜，最後一班公車還未經過。站旁木櫈坐着搖扇納涼的老婦，連一眼也沒望我。閒，就是這個樣子。這兒不是旅遊名所，普普通通一條街，店門都關上了，只剩二十四小時服務的超級市場開着。進去看看，沒準備買甚麼，這類店從前沒有，好奇，看看而已。一股不屬於超級市場應有而又十分熟悉的氣味，朝面衝來，喔！田舍煮！蘿蔔、魚蛋……煮成一鍋的好東西，原本只在寒冬才供應的小吃，怎會在超市冷氣中出現？忘記剛吃過飯的飽滯，立刻指指點點買了一盒，店員十分周到，筷子、芥辣齊備。我拈住這袋零食，繼續散步！

沿街一列低矮木構建築，是些小商店，都滅了燈火。只剩一家，關上門，卻亮着淡黃的燈。嘩！櫥窗全放着日本土紙藝製作大睡貓。晚上十點多鐘，當然不做生意，死啦！怎辦？過不了非佔有不可的欲念關。我徘徊良久，深信店主必是前舖後居（京都舊店多如此），也深信京都店主仍滿人情味，且店外有小牌寫着，可按鈴叫人。阿慧知道，不試試按鈴，我心不死！她就按鈴了！

果然，屏風後人影掩映一陣，有個中年男人出來，我們隔着玻璃指

着睡貓。這是最決定性一刻，他的面容叫我放了心。點點頭，帶着極禮貌的笑，一邊把上衣鈕扣好，一邊走出來開店門。

三隻京紙工藝大睡貓，就如此屬我！

如果，那不是京都，如果我不深信京都人會開門，如果阿慧不按鈴⋯⋯

呵！呵！

對付塵世

早知這是塵世！

家的前後都臨界通衢大道，二十四小時車輛穿梭，滾滾凡塵，無孔不入。我秉承庭訓：「黎明即起，灑掃庭除，要內外整潔。」上午掃抹地板一遍，可到了黃昏，又見蒙塵，忍不住，又再掃抹一遍。

用舊時辦法，掃帚不成，只會揚起塵頭。用吸塵器，既要裝嵌又要拖拉電線，一天兩趟，實在麻煩。用拖把靜電除塵紙，推動巡迴走動，當作一天運動量，本來不錯，但正牌吸塵紙很貴，便宜的又不太見效，結果微塵吸了，稍大的小垃圾，仍留在地板上，到頭來還是用上吸塵器。

天天為塵世事傷神，好友勸說掃了又來，何必掃？隔幾天才掃一次與每天掃兩次，都是面對塵世，不要執着。但行出行入，眼見污穢，過不了自己一關。

消息傳來，日本已開發家居用機械人，想着科技一日萬里，盼望有生之年，可買個機械傭人幫忙家務。如今有具外貌不似人，卻圓墩墩的，可前後左右自動移動吸塵的機械「人」，沒電了還會自動回到儲電器身邊上電，一具智能吸塵機械人！夠好玩，我決定買下來。

利用遙控器指揮它，搞了大半天，它卻不聽指令，應左卻右，該前

退後，活像個頑皮小傢伙。累得我追着它，不自覺連連叫道：「喂喂！呢度呀！左邊呀！向前呀！喂喂！」

這是我對付塵世的一段速寫。

【 賞析 】

幽默當然是 humour 的音譯。林語堂認為 humour 和詼諧、滑稽等中文原有的詞語意思都不同，所以主張直譯其音。林語堂推廣幽默不遺餘力，據他說，「超脫而同時加入悲天憫人之念，就是西洋之所謂幽默」，所以「幽默只是一種態度，一種人生觀」；又說「幽默的情境是深遠超脫，所以不會怒，只會笑」（以上見林語堂〈論幽默〉）。可見在林語堂看來，幽默是一種與萬物同情共感（「悲天憫人」），但又保持一定距離（「超脫」）的人生態度。我們閱讀小思的散文卻沒有太多類似的感受。

另一位以幽默聞名的作家錢鍾書則說，「一個真有幽默的人別有會心，欣然獨笑，冷然微笑，替沉悶的人生透一口氣。也許要在幾百年後、幾萬里外，才有另一個人和他隔着時間空間的河岸，莫逆於心，相視而笑」（錢鍾書〈說笑〉），這種孤高獨往的形象，也和小思沒有甚麼相通之處。倒是余光中指出的，「一個人富於幽默感，必定也富於自信，所以才輸得起，才能坦然自嘲」（余光中〈悲喜之間徒苦笑〉），最能洞中小思的幽默。

〈緊張〉始於拿自己來開玩笑，數說自己從小到大緊張兮兮的事跡。小思總是未雨綢繆，朋友在露天小攤吃得正開心，她卻擔心下雨，一盆冷水澆熄了別人的興致。小時候「希治閣」的外號並非浪得虛名，成年之後仍有宴會未半就準備好零錢以便散席後轉車之用的奇行 —— 注意，是坐

完火車，轉巴士時才用得着的零錢。人總免不了有些怪癖，文章後半即解釋原來這是母親的身教。當年戰爭雖然完結，烽火的陰影卻始終不散，母親為了一家安全，必須事事考慮周詳，女兒自小看在眼裏，就培養出同樣謹慎的性格。作者當然知道時移世易，但習慣已成，無法完全改變，不過懂得自嘲，已證明並非沒有反省了。

〈緊張地放鬆〉寫自我改變的努力，以及失敗。作者「強迫」自己學習放鬆，結果當然是愈來愈緊張。放鬆不成，竟想到腦袋和心臟緊張的樣子，行文也戲劇化地由書面語轉為粵語：「嘩！好緊張！彷彿感到自己：紮埋一舊。」最後一段自我安撫，「等一會兒，我們去喝下午茶，去米埔看鳥，去郊外看雲吓？」那種急病亂投醫的語氣真令人忍俊不禁。喝下午茶和到郊外去都是作者喜歡做的事情，不過現在太緊張了，等不及付諸實行。話說回來，能夠把自己焦慮的心理寫得那麼有趣，可知作者終於找到克服緊張的辦法了，其實不算失敗。

小思的緊張源於太認真。閱讀她的著作和散文可知，她不僅治學、教學一絲不苟，連日常生活和消閒玩樂也都貫徹研究精神：絕不錯過相關資料、竭盡全力追根究柢。〈那一夜〉寫的是一次旅遊，理當輕鬆享受，但文中所記兩件趣事，都和過分認真的性格有關。首先是經過通宵營業的超級市場，發現有道地民間小食田舍煮，馬上買了一盒，竟忘了自己原來剛吃過飯。另一件事則是在一家小店的櫥窗裏，發現日本土紙藝製作的大睡貓。小店已關門，但仍見淡黃燈光從後面透出，作者徘徊久之，同伴知道她捨不得離去，就依店外小牌指示，試試按鈴。結果店主人披衣應門，她如願買得三件心頭愛。乍看這不過是一般香港遊客擅長的吃和買，但由所吃和所買的東西可見，作者對當地文化了解甚深。如果你說，現在很多年輕人都是日本迷，熟知日本種種的玩意。是的，但正因為那是一向莊重的小思，所以三隻紙貓引出的年輕日本迷語氣，令人大出意外：「如果，那

不是京都，如果我不深信京都人會開門，如果阿慧不按鈴……呵！呵！」

〈對付塵世〉的題目語帶雙關，文章從一開始就用這雙關義玩遊戲。「早知這是塵世！」因為寓所之外是車如流水的大街，路塵日夜不息。太認真的作者幼時——多半是從母親那裏——聽熟了「黎明即起，灑掃庭除，要內外整潔」的〈朱柏廬治家格言〉，一輩子孜孜踐行，而且與時俱進。最初是用人力掃抹，一次不夠又一次。後來改用吸塵機，再改用靜電除塵紙，順道當做運動，但效果並不理想。友人勸她不必執着，多掃少掃不會相差太遠——正像漁父勸告屈原的「聖人不凝滯於物，而能與世推移」——作者當然無法釋懷，繼續用她的研究鑽研精神對付，引入更先進的科技。她買了一個自動吸塵機械「人」，那是二○○七年的事啊。可惜當時的科技仍未能滿足她的要求。小思總結道，「這是我對付塵世的一段速寫」。咦，這是指充滿塵埃的世界，還是屈原忍受不了的塵濁世界？無論哪一種「塵世」，恐怕都是渺小的個人難以一下子改變的。幸好，小思雖然認真、緊張，卻也堅毅，所以能夠屢敗屢戰，長期應付。不知道她最新的對策是甚麼呢？

這四篇幽默文章，是千挑萬選找出來的。小思很少以幽默詼諧示人，但從這少數篇章可見，她的確有超脫的一面。林語堂〈論幽默〉又說，「幽默只是一種從容不迫達觀態度」，素有「希治閣」之稱的小思，其實也不乏「從容不迫達觀態度」。如果真是由於年紀增長，心智成熟，故能像余光中所說的，富於自信，坦然自嘲，這當然無法倉卒學步，但在表達技巧上，文體變換、語帶雙關等都是值得嘗試練習的。（樊）

十二、讀萬卷書

——善讀

【題解】

　　中國文化自古以來強調讀書重要，雖然有「滿朝朱紫貴，盡是讀書人」（〈訓蒙幼學詩〉）的赤裸裸功利原因，卻也從來不乏為了自身修養、為了閱讀樂趣而開卷的人。杜甫說「讀書破萬卷，下筆如有神」（〈奉贈韋左丞丈二十二韻〉），可見在詩聖心目中，讀和寫的關係再密切不過了。讀書有死活之別，古籍云「盡信《書》，則不如無《書》」（《孟子》），小思也常說要「善讀」。好學深思、舉一反三、read between the lines，都是「活讀」、「善讀」。把這些閱讀心得寫出來，往往就是好文章。其實善讀不只限於書本，善讀的人也能夠讀人、讀電影……，並在當中覓得珍寶。

　　本輯共選文五篇，嚴格來說第一篇不是散文。〈讀〈新香港的透視〉〉題目由本書編者所擬，摘錄自盧瑋鑾、鄭樹森主編的《淪陷時期香港文學資料選（一九四一至一九四五年）》正文之前的盧瑋鑾、鄭樹森、熊志琴〈淪陷時期香港文學及資料三人談〉，這段文字是「善讀」的最直接示範。〈也談魯迅〉、〈粵語片啟示錄〉發表於《星島日報》的「七好文集」專欄（一九八一年十一月六日、一九九〇年三月六日至八日及二十六日），

〈魯迅這樣笑〉、〈字裏的人間〉發表於《明報》的「一瞥心思」專欄（二○一三年十月十二三日、六月二十三日）。〈也談魯迅〉、〈魯迅這樣笑〉談作家形象，〈粵語片啟示錄〉談電影，〈字裏的人間〉兼談小說和電影，同樣洞悉世情。

【文本】

讀〈新香港的透視〉

這是日本對佔領區的「良好意願」，但我們讀這篇文章要小心。

此文寫於一九四二年八月，即攻佔香港不足一年，作者目的在概括報道在這段時間內的統治成績。為亂局塗脂抹粉成份極濃，例如說「香港米源特殊充足」。這文章正好作我剛才說「歌功頌德、好話說盡，充當敵人、統治者的揚聲器」的例子，因為實況並不如此。我們選取了此文，是因它內容又的確透露了香港淪陷首年的某些社會實況。例如交通狀況，作者的確約略交代了，但他沒真切說明這些交通工具往往因缺乏電力、汽油而斷斷續續的真相。不過，他透露了要靠人力車。例如他強調「價值又特殊昂貴的洋書，多成廢物」，這並不是表示香港人不再洋化，而是怕洋化惹禍。一九四二年二月十二日的《華僑日報》就見民間燒書扔書，小販執來販賣的消息。當時燒的賣的不只洋書還有中國線裝書。故葉靈鳳、戴望舒此時買了許多舊書。

例子還有許多，故我說讀這選集要小心解讀，這是很重要的。

也談魯迅

讓我也來湊個興談談魯迅。

最近一期《中國烹飪》裏，刊了一篇文章，是從魯迅的書信、日記中找出資料來證明魯迅也懂飲食之道，例如懂得怎樣燉火腿等等。文章目的大概想表示魯迅偉大，從大事到小事無一不懂，懂得生活享受但並不講究追求。但我以為，說魯迅懂得批評食品的精劣，對某些人來說，比說魯迅是個「鬥士」，可能印象更深更好。

看別人文章寫魯迅怎樣偉大，很難感動我，只有直接看魯迅的書信、日記，才能真正使我對他肅然起敬。

最近看他給蕭軍蕭紅的五十三封信，我就很感動。他忙得很，但給後輩朋友覆信之快，和措詞的親切細心，簡直像個閒來無事的人。他甚至在信裏教蕭軍怎樣到大馬路屈臣氏大藥房去買二元四角一瓶的痱子藥水。他忙寫稿趕翻譯，身體又不好，但仍小心處理二蕭寄給他的稿件，一一為他們分寄到不同的刊物去。他的經濟情況並不好，「手頭很窘，因為只有一點零星收入，數目較多的稿費，不是不付，就是支票」，但蕭軍向他借錢，十一天後，他就告訴蕭軍：「今天有點收入，你所要之款，已放在書店裏，希持附上之條，前去一取。」再看他對海嬰給沸水燙傷的情急，看他溫柔無奈的提及對待孩子的態度，就絕不懷疑「俯首甘為孺子牛」只是妄語了。

普通人不易了解偉大的人，特別是偉人的孤寂，鬥士的堅忍。對普通人說偉人如何偉大，就是感動，也很「隔」。既然偉人也是血肉之軀，他們跟普通人一樣有凡人的苦悶、愛欲、快樂。那麼，就從他們的「平凡」處看，看他們怎樣對待平凡的生活、問題，看他們的缺點，更能反映他們的「不凡」，也更能感動普通人。

魯迅這樣笑

最近讀到日本人內山完造的《我の朋友魯迅》，編者選譯了與魯迅有深厚交情的老朋友內山完造，寫魯迅的四十多篇文章，果然看見魯迅的另一面來。難怪中央電視台著名主持崔永元如此說：「如果說內山完造先生眼中、筆下的魯迅和我們認知的有所不同，關鍵在於他認識的魯迅登場時只是個書店的顧客，而我們知道魯迅是印在課本裏的『骨頭』。鐵骨錚錚，當然可敬，但高山仰止的先生一出現就缺少了幾分人間煙火氣，沒了親近的可能性。」

內山完造在上海開設了內山書店，賣些一般書店不賣的書刊，也代客訂購日本書。這就吸引了魯迅，從此幾乎長駐書店，有客人竟錯把他當成老闆。多年交往中，遂成中日知交。在內山筆下，魯迅是「開心得哈哈大笑」、幾次「哈哈哈……」、不止一次是笑着說話、「哈哈地笑出聲來」、「聊得起勁時，他顫動着雙肩高興地笑起來」、「聳肩一笑」、「說完大笑起來」、「大笑起來」。我不厭其煩逐頁記下來，不過想顯示魯迅是這樣笑的。

當然，交情是一個笑得朗的原因。但我想內山不會有意多寫魯迅的笑以示二人深交。看來魯迅對這個日本朋友有信心，沒有與一般中國朋友的機心計算，那種信任與放心，才會讓他開懷大笑。同時代的中國友人，大概又沒有甚麼機會細意記錄他的笑容。加上內山完造身份也不簡單只是個書店老闆，對魯迅的人身安全起了點保護作用。

沒經造神者刻意修飾，我們見到魯迅這樣笑。

附：能不能讓魯迅笑一笑

我曾說盼望看到魯迅笑的照片，可卻一直失望。最似帶笑容的一

張，就只有一九三六年十月八日，即他逝世前十一天，在青年會全國木刻展覽會中坐在藤椅上，與青年木刻家談話的一瞬留影。細看也不見得笑得歡快。歷史留給後人印象，他永遠一臉沉鬱，永遠冷峻。魯迅是個敏感的人，怎沒喜的一面？

原來「魯迅不笑」是後人的想像與符合神化要求。上海魯迅紀念館的副館長王錫榮講了一段故事，真令人感觸。一九九九年上海新建魯迅紀念館，他們請雕塑家創作魯迅雕像，要求「把魯迅作為一個人來表現，不要把他作為一個神來表現」。誰料作品出來，魯迅仍是橫眉怒目。王錫榮就當場提出：「你能不能讓魯迅笑一笑？」雕塑家說：「我過去所接受的藝術教育當中的魯迅，都是橫眉怒目的魯迅，我想像不出來魯迅笑是甚麼樣子的。」

魯迅隱沒了笑容，是甚麼原因？大概雕塑家的話就說明了。誰安排一種「教育」另做了一個魯迅樣子？也許，所處的時世，的確令他不輕易開懷大笑，面對敵人也非橫眉冷對不可，依他個性可能又冷些，但畢竟一個人總有七情六慾，怎會沒有笑的時候？而笑了，也不妨礙他成為文化偉人或鬥士，是造神的人收藏了他的笑容。

我設法去找與他同時的人的文章，看看筆底有無紀錄，結果只見蕭紅、郁風稍涉一下。蕭紅的〈回憶魯迅先生〉中，描寫了許多魯迅生活細節，其中只敘述魯迅聽了許廣平一句話後，「就笑了，笑聲是明朗的」。

粵語片啟示錄

之一：法律模式

許多同輩人都說：我們是看粵語片長大的，無論倫理關係、價值取向，以至人生觀，或多或少受了粵語片的感染而不自知。最近重看了許多

粵語片 —— 都是從前看過的，自母親去世後，父親只有一種娛樂，就是看粵語片，父女倆凡粵語片必看。無可否認，我的許多知識、心態，甚至「智慧」，都來自粵語片。現在重看，印象猶新，但得到許多啟示，且待我一一道來。

粵語片古裝的法律模式：少數人意願。

這話怎樣講？皇帝、好官、壞官一律都是少數人，都講私情，講裙帶關係，講家族串連。天子登殿也好，二司會審也好，八省巡案微服出巡也好，包公扮鬼靠嚇逼供也好，一切法律都不重要，最要緊的是驚堂木一拍，好人壞人公有公理婆有婆理，給機會大講一頓，再按劇情需要 —— 通常好人吃虧在先，一聲令下，打他八十大板，昏死過去，便收押天牢。就在此際，天子、好官、壞官，自有個人主觀判斷，或者再加師爺集團，擠眉弄眼，在大人耳邊喃喃，便成定罪藍本。等到明天再審，幾乎大局已定，甚至推出午門或刑場，劊子手手起刀快落的剎那，自有人良心發現，或目擊證人出現，三言兩語，天子、好官、壞官腦袋靈光一閃，便可一言平反了。不但平反，為了補償，天子總大封好人家族，有時連小姐丫鬟的終身大事，也插手包辦，一干人等，歡天喜地，謝主隆恩，而壞人又難逃一死，或發配邊疆，劇終再會。一劇到底，法律只不過是打板子、坐牢、斬首等幾項。天子、好官、壞官、師爺集團，有時還加個由垂簾聽政忽然大發雌威走出公堂大殿的東宮西宮皇太后或大官夫人，憑個人意願，就成了法律執行者，來來去去，一切由幾個人定奪，模式就是那麼簡單。

之二：敘事手法

粵語片敘事說話模式：劇終前最快速。

敘事形式本來有多種，倒敘、插敘、直敘等等，粵語片多用直敘法，偶然用上倒敘，也得依靠鬆濛畫面引入。敘事詳略，有個公式，在

劇終前十五分鐘之前，由於還有許多時間，劇情發展必須細緻緩慢，同一件事，阿甲講了，阿乙還要再講一遍，旁人又得插嘴講，並加評述。生人要講，重病垂危者也須喘完一口氣又一口氣把事情交代清楚，然後把頭一歪，才能死去。有時更要鬼魂顯靈託夢之類，又講一番。觀眾乖乖，全部入腦，明白事件真相，但由於時間尚早，只有主角還不能知道，或含冤受屈者就硬是不肯對主角直言不隱，於是，永遠大特寫，女主角眼中一滴淚，流呀流的，還流不到腮邊，淒然地一字一頓說：「我做舞女，係有苦衷嘅，但係我唔講得俾你聽，第日你自然會明白，我係為你好嘅！」累得觀眾咬牙切齒，恨不得走上銀幕為她伸冤。雖然，中途敘事也有簡潔時候，鏡頭映出流水落花，或枝頭花開花落，字幕打出「十八年後」，主角便長大了或老去，但通常這只是過場交代，並無重要事故發生，不是敘事重點，我們不必理會，觀眾是註定等待「有事發生」時刻的。直到臨完場十五或五分鐘，正是劇力萬鈞、劇情急轉直下的時刻，就在此時，人人說話都變得簡潔有力，一言兩語，撮要功夫到家，而主角忽然又變得領悟力特強，壞人也惡根性大崩潰，良心大湧現，「係我錯，係我唔啱，係我對你唔住，你原諒我啦！」一切冤情委屈全面清洗，雨過天青，大快人心。

這種敘事模式，有個好處，前面拖長，拼命拖，拖得觀眾有些不耐煩，然後把高潮快刀斬亂麻，突然推出，觀眾心頭一鬆，「呀！戲終於做完咯！」總算了一件事！

之三：觀眾身份

粵語片對觀眾的定位模式：最明白事情真相，卻又最無能為力的旁觀者，最聰明但又是最蠢的受虐待者。

牽涉到自己是觀眾一份子，情意結相當複雜，有時很難冷靜地觀

察，但我還努力嘗試自我分析一番。

根據粵語片敘事手法，觀眾很難不是最明白真相的人，雖然有些編劇會故弄玄虛，窗紗掩映，女主角人鬼難分，黑袍揮動，來去無蹤，觀眾總該了解編劇不會導人迷信，主角一定是人。加上白燕、南紅、嘉玲、陳寶珠、蕭芳芳、張活游、吳楚帆、胡楓、謝賢、呂奇一定不會是壞人 —— 如果是壞人，一定是孖生姊妹、兄弟，或者壞人化妝頂替。如果看到陶三姑、劉克宣、周志誠、馮應湘、林妹妹，任他們怎樣笑面迎人、甜言蜜語，也不會相信他們幹出好事來。這樣一來，觀眾變得最明白事理。但眼看着主角們有理說不清，中間又有奸人挑撥教唆，穿了唐裝衫褲，不扣衫鈕、戴歪氈帽、嘴角吊住一根香煙的壞人手下，刀仔手槍的威脅，主角永遠該逃的時機不逃，永遠繞着茶几沙發跌跌又撞撞，觀眾就不由不又急又氣，巴不得上前說個明白，或者獻計解難，可是，一急之下，方才醒覺，自己不過是個旁觀者，萬事急不來，無能為力莫過於此。

至於最聰明，已可從上文引申解釋得到答案。最蠢的受虐待者，可分兩層意義看。第一層，是編劇導演認定觀眾是最蠢的，一件事非要再三說明不可，有時還要畫公仔畫出腸，才能令觀眾大叫「哦！原來如此。」另一層則與人無尤，是觀眾甘心情願買票入場，送上門來受乾急虐待，不是最蠢，又是甚麼？一旦成為觀眾，命中註定，給編劇導演「玩死」！別無選擇。

之四：教育定向

粵語片對觀眾的教育模式：忠奸分明，惡有惡報，善有善報，到頭終有報。

通過角色的定型，忠奸分明是必然結果。陶三姑偶然飾演好心包租

婆，未到劇終，觀眾仍然放心不下。白燕忽然變得狠心下毒，散場之後，觀眾可能心心不忿。忠奸如此分明，有兩個好處：第一，觀眾不必費神分辨，不必疑神疑鬼，比起近年流行的「最好的朋友，就是最狠的敵人」那種人性多樣多層化，令人安心得多。小孩子入場，先問大人劇中人「係忠嘅抑或奸嘅」，就可決定自己站在那一方。第二，從小教育，我們堅信世事有絕對分野，成為了立身處世的道德標準，小孩子沒有人肯扮石堅。沿着這種觀念發展，善惡到頭終有報，也是必然的定律。有了這終極盼望，人們就具備高度忍苦能力，為的是深信苦盡甘來。萬一不幸甘還未來便離開人世，也不用害怕，因為可借屍還魂，或者雙雙化蝶成仙，飛舞花間，輕蹈彩虹，天上人間，團圓結局。至於惡人嘛，當然難逃懲罰。

這種教育自有它的優點，教得觀眾堅持做好人原則，溫柔敦厚，努力等待「報」的來臨。但，近十多年，社會人性均有極大變化，忠與奸往往集於一身 —— 據說這才是合理的、立體的人性。人物時忠時奸，累得深受粵語片教育的人無所適從，難於判斷，心也無處安放。至於「到頭終有報」的信念，本來也動搖了，幸而有壽西斯古的下場，現身說法，話都冇咁快，這才叫粵語片觀眾重新獲得信心，繼續活下去，因為有了盼望！

字裏的人間

上

我還是從眾，把三浦紫苑的《編舟記》，叫作香港電影改名的《字裡人間》，因為友人讀了〈寂寞的編舟者〉，根本不知道我在說一套電影。

讀過原著中譯本，忽然想到如懂日文，讀讀原文會更好。電影字幕中文譯者把許多潮流詞彙改成台或港版，台港觀眾自然反應大，可卻會失去原文的特色。原著巧妙用上許多發音相同或近似的字詞，例如男女主角

的名字都玩了同音字和所帶典故 —— 馬締，與「認真」同音，也是「人與馬休息的地方」。香具矢，與《竹取物語》女主角「輝夜」同音。輝夜從月亮來到人間，自竹子誕生出來閃閃發光而得名。電影中馬締初見香具矢就在月光下。原著描繪月的文字點出了女主角的個性。而書中所引用詞彙，都大顯學問，不是搞笑胡來的。例如「西行」一詞，是從和歌詩人、和尚的名字，衍生出極多不同意義來。

講辭典又有一套大學問，人家出動了字典辭典出版權威三省堂當協作顧問。女主角講磨刀買刀，也請來國家一級刀具名店「有次」來幫忙。講紙品，原著就給讀者上了製紙、抄紙、烘紙、紙質原料配方、手感等等一大課，這些知識，除非讀專業書，等閒不易得到。日本製紙業很講究，在片末人名字幕中，我一時沒留意，請了哪家紙廠提意見。相信來頭也不小。

不管用心不用心看這本流行小說和電影，日本觀眾都可以無意間增添對文化的認識。我不懂影評，看對這套電影也沒劣評，深信純作電影看，導演手法技巧也不差。

下

八十後的導演石井裕也，配合了渡邊謙作的改編劇本，把原著情節精神掌握得恰到好處，更重要的是稍挪動了一下，就完全爭取了時下青年的口味。

原著荒木隱然是松本老師的精神延續者，但活動能量集中在馬締、西岡兩個青年身上。而電影卻把馬締這書呆子改動成了疑似宅男模樣，讓今天的觀眾有時代感，在原著中馬締並不如電影中那麼木訥寡言，而是極有應變能力。例如知道出版社要中止辭典編纂計劃後，電影把想出先下手為強，對外宣揚《大渡海》已到生米變熟飯階段、使社長讓步的人，由

原著的馬締改為西岡，如此便更符合西岡的古靈精怪、馬締的言聽計從個性。

片中平直敘述，稍有點高潮是發現缺了「血潮」一詞的剎那。原著說發現者是最老資格的荒木，可是電影卻讓位給兩個臨急來幫忙校對的工讀生。這挪動看似無大關係，算我過分推測，是編劇在凸顯青年一代的貢獻能力。書中對長達一月，工讀生幫忙找出紕漏的行動稱為「地獄留宿總動員」，正要強調青年苦幹的力量。友人曾懷疑臨時怎可有那麼多認真來工作的工讀生，我說，也許沒有，只是日本人習慣利用電影電視來作國民教育，自《青春火花》到《極道鮮師》（港譯《我 Miss 係大佬》），都同一宣揚方向。把發現錯漏的功勞歸於青年，是討好一法。甚至由只懂飲香檳變成懂飲清酒的岸邊，也屬青年代力量。

把《字裡人間》看成日本通識與國民教育的教材，也未嘗不可。

【賞析】

〈新香港的透視〉作者署名黃連，是一篇寫於香港淪陷時期的文章，介紹了在日本佔領下，社會和文化的狀況。小思首先判斷此文「為亂局塗脂抹粉成份極濃」，不可盡信，但「又的確透露了香港淪陷首年的某些社會實況」，小心細讀自有所獲。〈新香港的透視〉有一節概述香港的交通，用巴士、電車、火車都恢復行駛了，來證明香港在日本管治下已回復生機。小思指出作者「沒真切說明這些交通工具往往因缺乏電力、汽油而斷斷續續的真相」。這當然因為小思掌握了另外的資料，所以不致為文章所騙，但她也點破了此文內部的疑點——作者「透露了要靠人力車」。如果巴士、電車等運作如常，又怎麼需要倚重原始的交通工具？這個小小的例

子，體現了小思「善讀」的其中兩個要訣：多方參證、穿透表象。

魯迅研究浩如煙海，怎能再翻出新意？這有賴於善讀的第三個要訣「通觀全局」，即著眼大勢而不自限於一隅。〈也談魯迅〉說「只有直接看魯迅的書信、日記，才能真正使我對他肅然起敬」，因為這些材料呈現了魯迅平凡的一面。魯迅肯定是新文學運動以來最著名的作家，但他的名氣不完全來自作品。出於政治鬥爭的需要，魯迅在很長的時間裏被塑造成為絕對正確、毫不妥協的「鬥士」。小思並不否定魯迅是偉人，但更著力指出魯迅也應該有「凡人的苦悶、愛欲、快樂」及缺點，以還原「神化」了的作家，抗衡偏頗的主流說法。

〈魯迅這樣笑〉借閱讀日本人內山完造的《我の朋友魯迅》，重申以上論點。內山完造當年在中國經營書店，和魯迅相熟。魯迅的形象在日本友人筆下，與中國作者描述的完全不同。小思同意中央電視台著名主持崔永元的話，「（我們認知的魯迅）缺少了幾分人間煙火氣，沒了親近的可能性」──這是《我の朋友魯迅》的序言。崔永元引述了原書不少內容，也是意圖還原真實生活中的魯迅，但有趣的是，他所引的和小思完全不同。小思引述的，如篇名所示，都是描述魯迅的笑的文字。這裏附錄了小思的〈能不能讓魯迅笑一笑〉，此文讓我們明白那樣引述的原因。中國作者，無論和魯迅同時，還是在魯迅之後，都有意無意諱言魯迅的笑。因此，《我の朋友魯迅》對中國讀者最重要的意義，即在於證明魯迅會像普通人一樣笑。小思短文的引例聚焦於笑，比崔永元的引例更貼合「親近的可能性」，也間接顯示了魯迅的笑至今還是為國人所迴避。

讀文章、讀書，不能只是逐字逐句理解，還要讀出整體的結構。中小學語文課已經教過很多分析結構的方法，本書第五輯「思想的形狀」所談的也是文章的結構。但還有一種未必是有意為之的結構 ── 也可稱為套路 ── 必須多讀作品，用心歸納，才能發現。發現套路的閱讀方式可

以推廣移用於電影、戲劇、繪畫、音樂，甚至人事現象，〈粵語片啟示錄〉就是好例子。小思自幼看熟了粵語電影，感到人生觀也被潛移默化，本文分析粵語片常見的法律觀念、敘事節奏、教育主題，又反思觀影者的心態，既點出粵語片的套路，也檢討為人處世的原則。粵語片情節兒戲，表現的人性過於簡單，似乎已落後於時代，但小思仍然相信善惡到頭終有報的教訓可以為觀眾提供活下去的盼望。順道稍作解釋，文末提到的壽西斯古（Nicolae Ceauşescu）是羅馬尼亞總統，獨裁統治二十多年，在該文寫作的幾個月前，武力鎮壓國內反抗者失敗，政權被推翻。

〈字裏的人間〉談日本小說《編舟記》和由小說改編的電影《字裡人間》。這篇文章分兩天在報紙專欄上發表，上篇談得較零散，主要是提醒讀者、觀眾注意小說和電影裏一絲不苟的文化細節。下篇集中談電影改編，小思特別指出，改編了不起之處是把原著「稍挪動了一下，就完全爭取了時下青年的口味」。「爭取」並不是為了迎合，而是「日本人習慣利用電影電視來作國民教育，自《青春火花》到《極道鮮師》（港譯《我Miss係大佬》），都同一宣揚方向」。綜合兩篇，小思的結論是「把《字裡人間》看成日本通識與國民教育的教材，也未嘗不可」—— 又一次讀出了新穎深刻的內涵。

「善讀」不是一拿出來就能有所發現的萬能工具，必須反覆練習，上文所說的要訣只是觀察、思考方向的提示罷了。（樊）

十三、不如行萬里路
——旅行書寫

【題解】

　　香港人都愛趁假日旅行，在異地遊覽、消費、享樂、放空，遠離日常生活。對於寫作，旅行的意義在於帶來新經驗、新視角。面對看似千篇一律的日常生活，敏感的作家當然也能沙中淘金，發掘新意；而對於寫作新手來說，異地的環境和文化顯然更容易啟發靈感。讀萬卷書不如行萬里路，親身上路所得總比憑空幻想更立體更豐富。

　　小思多本散文集皆以旅遊見聞為主題，《一瓦之緣》和《日影行》寫日本，《我思故鄉在》寫中國。寫歐洲的單篇，則散見《人間清月》、《彤雲箋》等。樊善標曾在訪問中指出，小思到中國旅行時心情比較沉重，在日本和歐洲旅行時則比較輕鬆，她對此直認不諱。旅行者的身份認同和與旅行地點的關係，往往決定了起行前帶着甚麼期待，以至過程中發現甚麼，感受如何。

　　為了呈現小思書寫不同旅行地點的視角和感受，本輯共選文五篇，涉及中國、日本和蘇聯。〈意筆寫江南〉和〈挑山工仍在〉都寫中國，前者發表於《絲路》八／九月號（一九九六年四月一日），既嚮往傳統文化，

也珍視人間日常:後者發表於《明報》的「一瞥心思」專欄(二〇〇六年十二月五日),表現了對百姓的悲憫。〈且說蘇航〉發表於《星島日報》的「七好文集」專欄(一九八八年一月十八日至二十日),毫不留情地批判蘇聯的航空服務。〈本來這個不須尋〉與〈重訪永平寺〉都寫訪日本永平寺的經歷,分別發表於《星島日報》的「七好文集」專欄(一九七五年五月二十一日),以及《明報》的「一瞥心思」專欄(二〇〇六年一月五日至六日)。〈本來這個不須尋〉寫在永平寺修禪的痛苦與感悟;〈重訪永平寺〉分上下兩篇,上篇在三十年後重寫當時的經驗,下篇補充重訪的感慨。對於同一經驗,兩次敍述有相當微妙的差異,展現了不同的寫作觀念和方法。

【文本】

意筆寫江南

四月,我打江南走過,看,春色如許。白玉蘭開了,梅開了,櫻開了,柳仍嬌慵,桃花也遲延步履,西湖畔春痕尚淺。如果這回只為尋色相而來,未免失望,但西湖之外,尚有人間風貌,山水多情。

春風十里揚州路,這裏總沒辜負遠道而來的訪客。那天,瘦西湖雲淡風輕,可是我卻裹着重衣厚袂,走在絲絲柳線的堤岸上,卻有暫閒的輕快。小舟泛過,我沒追問二十四橋還在否,蓮花橋影已深深淺淺印在遊人的笑臉上,印在心間。至於各式樓臺,早給年輕的朗朗笑聲掩蓋,因為那一天,正是學生春遊的假期,孩子們穿着紅色運動服,臉上綻出歡樂笑容,不畏生地向陌生人招呼,成了一幅流動青春圖畫,這是古代詩人沒寫

過的。揚州早應向「青樓薄幸」的名聲作別，在這裏理該立此存照。

　　不寫蘇州，卻牽念着城外東南二十五公里的水鄉甪直。「人家盡枕河，水巷小橋多」，清晨時分，溫煦陽光正照在正陽橋下，我才真正體會甚麼叫做「波光粼粼」。婦人蹲在堤階洗刷馬桶——是，是馬桶，家家戶戶都把洗得乾淨、雕花細緻的木馬桶放在門外曬，還伴着紮作也精巧的瘦長竹刷子。婦人蹲在堤階上洗衣服。百年老店的小街，走着挽了竹菜籃、頭碰在一起拉家常的女人，小吃店冒着爐火白煙，老師傅笑口盈盈地賣早點。我倚在和豐橋的玉白花崗岩橋欄邊，撫摸已經模糊了的浮雕，生活呀！自宋初建成的橋，給日出日入的百姓作證，只有平淡而真實的生活，才能把歷史好好傳承下來。每當看到許多旅遊名勝，竟蓋起甚麼漢街宋城的偽裝風景，就不禁想起：怎麼沒有人為這些真實的庶民生活作改善，然後連人帶地保留下來？

　　莊重而悠閒，踏實而愉快，是甪直人給我的印象，走過卵石鋪成的小街，我深深抱歉，這個外來人，打擾了，對不起。

　　說甪直，我是有備而來，但富陽縣城南二十公里的龍門古鎮，卻是一次意外的邂逅。

　　本地導遊說等一等，要等一個本鎮長大的孫家大姐來帶我們進去逛，千萬別走散，我來了多次還是認不清路。會那麼「嚴重」嗎？我的疑惑，自走進第一座廳屋後，就完全解開。我們不是走在街上的時間多，卻竟穿堂入室，一屋過一屋地遊走，一下子在人家的廳房，一下子又到了小石卵鋪砌的狹巷小弄裏，真是不辨東西。龍門人說：「大雨天串門兒，跑遍全村不在露天走半步，回到家來不濕鞋。」這種人際的親密，都市人如何明白？

　　在明清的木構建築群裏，處處見到庶民工匠的巧心妙手。大祠堂棟樑窗柱都是精緻木雕，特別是「百獅廳」的樑柱上的百頭姿態各異的獅

子，更栩栩靈動。其餘的戲文、花鳥，在「山樂堂」裏就更豐富了。我們在匆匆中，仍忍不住放慢腳步，細細觀賞，只見婦女們卻低頭工作——祠堂早已成了輕工業加工工場了，那就是生活。但不是說龍門鎮已列入重點文物保護單位嗎？喏！另一座小祠堂剛在前幾天燒了，一堆大大的焦木還在地上，我走近去，想像一條橫樑曾刻過的花鳥蟲魚，在火中冉冉成煙飛升。一個鄉民嘴角叼着一根香煙，在木構建築群中走過，若無其事。

義門牌樓，標誌着許多義勇故事，但如今它的破落荒涼，究竟有沒有象徵意義呢？走過一堵堵裂紋斑駁的牆，拍了一些照片，我害怕，有人嫌它們老，拆掉它，再建一座甚麼明清小鎮，或者熱心過了頭，把它裝紅飾綠，一切庶民的智慧，就完了。

「此地山青水秀，勝似呂梁龍門」，別了，龍門古鎮，從此我又多了一重牽掛。

此行不止為尋春訪翠，重點還在為了看崑劇。

我不懂崑劇，卻愛看。只有江南山水，才能育成這樣子精微神妙的戲劇。我喜歡精微，我深愛細膩嚴謹，那一回眸，那一掠眉整鬢，就已經一生一世。

好幾個折子戲，由江蘇省崑劇院、浙江京昆藝術劇院的主要演員為我們演出。「姹紫嫣紅開遍」，一切盡在寫意摹描中。

那夜，看姚傳薌老師執手教演的《牡丹亭》，王奉梅是杜麗娘，還是杜麗娘是王奉梅，我已分不清了。手、眼、身、步，妙曼合情，「遊園」、「驚夢」、「尋夢」、「寫真」、「離魂」，層次濃淡，都在她細緻變化中，微微演就。不能多一分，不能少一分，優美身段，哀樂眼神，匆忙大意的現代人，怎能承接得到？我們乘高速的飛機，到了江南，把外邊一切忘卻，來看這傷春女子，剎那間，時空錯置，也算一場驚夢。怕只怕，所謂時代節拍的喧嘩，使這優美高雅的藝術，回生無證，只有善忘的民族，才會找

出種種藉口，去遺忘美好傳統。舞台上，舞台下，都是愁腸百結。

江南春景，給歷代文人寫了千年，還是寫不盡。夢入江南煙水路，執筆之際，才覺夢也無憑。畢竟，城市人能記取的春色，就是這點滴了。

挑山工仍在

二十年前初上黃山，留下深刻印象的不是奇峯異松、雲霧迷離的自然風景，而是一個個挑山工的身影。

挑山工，不知道黃山是不是如此叫法，那名字首次進入記憶是在泰山。通常人稱他們挑伕，但挑山工一詞，更形象化，更透出艱苦氣味。

那些人，低下頭咬緊牙關露了頸肩青筋，停步時抬起頭，才讓人看見宛如刀刻的顏面，汗水濕透反映出異樣的光亮。在山路上，他們雙肩挑着挑桿，一手拿着丫形木棍，走一段台階，停下來喘喘氣，就把重擔一端承托在丫形木棍上，另一手抹抹汗水，這時候，我們看到相同的表情 —— 生的艱辛，沒有表情的表情。黃山路上，當年見他們挑的是食糧、用水，多見還有一根根大石柱。不大聽到吆喝聲，遊山人背後傳來沉沉的呼吸聲，我們就會側身讓路，看他們挑着許多意想不到的東西超前而過。

今回重訪黃山，有了索道，我以為除了遊山客，其他物料理應也可利用纜車上落。可是，想不到挑山工仍在！

山上酒店比從前多了，食糧用料的需要倍增，挑山工的擔挑重量更多。不是可用載得五十人的纜車運送物料嗎？不！因為纜車費太昂貴，挑山工便宜得多。

依舊聽見沉沉的呼吸聲，依舊要側身讓路。他們挑着可樂啤酒、建築物料，竟然還有扛着大大一個浴缸，步步隱沒在煙雨之中。

且說蘇航

進了蘇聯境內，一切旅遊都經蘇旅社統籌辦理，一切航空事宜都由蘇航負責，旅客命運好歹全交付這兩個官家機構，滿不滿意，均屬無話可說、無理可爭的「境界」，我們習慣了到大陸旅行的人，大概以為例可適應，誰料經歷了兩次境內、一次國際的蘇航服務後，才知道老大哥的獨特，中國「水平」還差太遠。

先說莫斯科、列寧格勒來回兩程內陸航機的故事。

飛機不設劃位制度，採取先到先得好位置辦法，只見閘門一開，旅客瘋狂一擁而上，我們自莫斯科飛列寧格勒時，沒有經驗，也沒有坐飛機要爭位的心理準備，全團人都給衝散了。有一個團友，既非勇猛過人，只是身不由己，給人潮擁到最前頭去，無端就坐上最好的前排座位，可是卻擠得連耳環也掉了。

回程時，受了教訓，香港人又向不「執輸」，人人作好準備，年輕力壯的快馬當先，年老的也緊隨其後，像一隊素有訓練的小縱隊，在第一時間，全團安全上機，並取得前幾排最好座位，真是緊張刺激。當我們滿意地相顧而笑的當兒，毫無笑容的空中小姐跑過來，對近機門的頭兩排團友嘰嘰咕咕，指手劃腳，再加英文單字，意思是要他們移到機尾去，我們辛苦掙來的座位，自然沒有相讓的理由，但平白費了唇舌，最後還是要讓，因為語言不通。且看看最後上機來坐這兩排好位置的是甚麼人。哦！原來是有人護送登機的高級軍官和三個西裝筆挺的、貌似高幹的人。高官要坐好位置，我們可以不反對，但為甚麼事前不把座位預留，或由空姐站在前面稍加指引？而竟然臨時把客人揪起來，給高官方便，這算哪門子的社會主義服務？

境內飛行，時間不長，坐在機尾，伊留辛舊式飛機發出的噪音，勉

強還可忍受過去，我們事後也只把「乘飛機要爭座」當成難得的經驗看待，或者當成純屬意外的事件。可是，極度刺激的好戲還在後頭，那就是由莫斯科直飛曼谷一程國際線的「登機驚魂」！

可載幾百人的七四七波音國際航機，航程長達十多小時，竟也不劃位，怎不引起恐慌？帶着極度不安的心情，進入現代化的莫斯科國際機場，出境手續在意想不到的馬虎情況下完成 —— 三個海關人員埋頭談笑，面前檢查行李的透視鏡螢幕也沒開，只偶然抬頭看面前旅客，就讓我們通過了。在那高大、燈光柔和、座位舒適的候機室裏，沒有人好好坐着，大部分旅客擠在一列長玻璃屏牆旁邊，因為那裏有個登機玻璃門。快到起飛時間，突然傳來廣播，英語說明飛機要誤點，要由晚上九時延到兩三小時後，從此就再沒有任何英語廣播 —— 後來有幾次俄語廣播，我們聽了白聽，只當是宣佈可以入閘，緊張一場。這個延誤，使本來不安的心更不安，更多人擠到玻璃屏牆旁邊，坐着臥着，碰撞之間，吵罵聲不絕於耳。漫漫三四個鐘頭，長得就好像永遠沒過去。最外圍的人坐在行李上垂頭喪氣，還有一個不明國籍的男人拿着酒瓶，東歪西倒地吵鬧。一個星期只有一班直飛曼谷的飛機，誰敢錯過？精神極度折磨中，人人疲倦了仍提高警覺，那種滋味，真不好受。我夾在人堆裏，細看許多不同國籍的人，繃得緊緊的面孔，意味着一場無情的爭奪戰快要來臨。再看看身材矮小的中國人，陷在高大的如森林的人群裏，忽然產生了無助的恐怖感。那裏像旅遊度假？簡直是生死存亡的一次最後撤退。

凌晨一點多鐘，四周十分寂靜，幾百人聚在一起，而沒有聲響，只有疲憊身軀的偶爾挪動，不安的眼光游移不定，那是從沒有過的經驗。我一直留意那堵玻璃屏牆，預計它能承受多大壓力，正因心思無處安放，我愈想愈恐怖，禁不住低聲向身旁的阿慧說，很危險，千萬不要爭，讓人家先走。但這些說話，着實沒有意義，夾在人群中，進退不由自己，潮水狂

湧，要停住腳步，那能辦得到？明知沒有意義，我卻一說再說，說得連自己也不耐煩起來，可是還說了好多次。

突然，聽不懂的異國語言在廣播中傳出來，所有人在完全沒考慮的直覺反應中站起，推向玻璃門。看不見任何管理人員，等了幾分鐘，知道這是「誤會」，人們稍稍鬆一口氣。十幾分鐘後，又來一次廣播，旅客反應完全跟上次一樣。軍裝制服的人員出現了，隔着玻璃門，冷眼看着可憐的旅客。就在他們動手把玻璃向左右兩邊移開時，人潮、聲音淹沒了我。前後左右的人體壓得我透不過氣，聽到呼喊聲，看見遠處玻璃屏在搖動，我拼命支撐着身體，想退向外圍。顯然，我已經與團友失散了，因為當我定一定神時，發現自己孤零零站在人潮後面 —— 到現在，我也不明白，怎可以在人潮瘋狂向前的情況下，自己能隻身「向後突圍」，就在此時，我看得更清楚玻璃屏的搖動，我聽見有人用英語高聲呼叫：小心！讓讓孩子，讓讓老人！小心！小心…… 一切狂潮過後，我和留在外圍的少數幾個人 —— 幾個外國老人，蹣跚地通過玻璃門，成為最後進入機艙的旅客。迷糊中，我看見阿慧阿孝在招手，團友在招手，那就是彷如隔世的感覺，那就是乘坐蘇航特有的感覺！

本來這個不須尋

從前，當塵世事像陣黃沙大霧蒙住心頭時，就癡想尋着一個小院，只求有一窗雲水，伴我面壁坐禪去也。當凡人瑣務現實得緊，便總愛想那個和尚把鞋放在頭上的公案，或者用力扭住別人鼻子悟出「捉空虛」的故事。但全都是想想而已。

日本，是個愛禪國度，海岸邊的福井市有所永平寺，是著名的坐禪道場，以戒律嚴和尚惡出了名。日本人有機會都愛遠道而來，住上幾天，

頂禮參禪。有一回，我也去了。

　　年青和尚怒目大喝，我學得默然挺腰，合十而行。飯前誦經，餐後親自依規收拾碗碟。律例只教我的心，宛如沉落深淵。參禪室內，無磬無鐸，無風無月，我學會跏趺而坐。許是沒有慧根，許是塵緣未了，我眼睜睜看住壁上條條木紋，細心聽着和尚執戒板打在別人肩上的聲響。當寂靜變得一絲絲鑽入耳裏的時候，竟然有刺痛的感覺。戒板拍拍像深夜雷聲，甚麼也不悟，甚麼也不想，只盤算戒板打下來的痛楚。雖然，棒喝出乎意料的輕，可是，我的心神早已散碎，撿拾回來時，只剩一句我得歸去。

　　清晨三時，我們赤着腳走完一道依山而築的木長廊，冰冷像千萬口小針，發自已經磨得光亮的廊板，我的心飄向廊外的杉樹林。不知道是雨是霜，被杉樹枝葉箍篩了，有點不羈地灑下來。我已經坐定在大雄寶殿裏，再聽不見早課的喃喃，抬頭只見簷前滴水晶瑩，晨光如透露了天庭秘密從濃葉間閃出來，幾隻初醒小鳥躲在那兒試唱，青石階的苔痕刻劃許多生的跡影，一切生命自黎明昇起，我有着觀照自身的明徹，悠然站起來，不再打坐，走向高大的殿門之外。

　　原來，禪不在藏經閣，不在禪房戒板，不在衣缽鐘磬，不在蒼沉梵音。從前，我是錯了。

重訪永平寺

上

　　三十三年後再到，為了重組逐漸淡去的記憶，及證實自己年少的無知！

　　當年以留日學員身份，到福井縣的曹洞宗大本山永平寺去禪修一天。這傳承自中國天童山的修禪道場，是日本人十分重視的聖地，據說一生人應去一次，以求清淨心靈。我卻帶着輕忽無知心態，踏進山門。

未進門，司事僧已詳列該嚴守的戒律：進了寺門不准說話，晚飯坐姿端碗舉箸收拾都有規條，七點到九點要到吉祥閣盤腿面壁坐禪，九點鐘關燈就寢，清晨四時半起床，五點五十分列隊到大殿誦早課。年輕的司事僧一臉嚴霜說了一大堆，嚇傻了一向不懂守規矩的香港人，後悔參加了——我們一時不察，以為參加旅行玩樂團。

　　要香港人二十四小時不說話，已經要命。晚飯只有一碗味噌湯、幾片蘿蔔漬、一小碟蔬菜、一缽米飯，吃得人人皺起眉頭。最痛苦的是坐禪兩小時，我們沒有盤坐習慣，動也不許動，稍有移動，就有僧人舉起禪杖打在肩上。他們說坐要端，心自正，已非當頭棒喝，你們自己省悟好了。

　　晨鐘敲響。四點鐘起來，十分惺忪。深山寺院層層疊疊，冷得徹骨。沿着由僧人天天用布擦亮的木地板，循級而上，到了大殿，我的腿腳早已麻木，梵音鼓磬，竟掩不住滿心憤怨。

　　出了山門，年輕人盡情呱呱大叫。問起昨夜面壁時沉思甚麼，男孩子說：我想盡所有懂得的粗言穢語。

　　罪過罪過，這是我年輕的記憶！

下

　　年紀愈長，身處喧嚷人海久了，方才識得沉默、寧靜原來是養心的一片青天。難得躲藏於無聲深邃世界，細聽梵音鐘磬，淨耳清心。

　　忽然，想起永平寺，有機緣何妨再去一趟？

　　進得山門來，先見一座新建築物，是個來客接待處，購入場票還得排長長人龍才轉到「參拜順路」。我心冷了一大截，夾在日本人龍中，他們竟然都在講話，完全不遵守「香客遊人須知」的第一條戒律：「參拜時端正身心，左側通行，保持肅靜。」這不是一般日本人的習慣，永平寺的嚴肅司事僧哪裏去了？沿着層疊木梯走經七堂伽藍，木梯地板仍然發亮，

僧堂內有年輕僧人在道場走動，我探頭去看，禪房冷冷，坐禪處似曾相識。正中懸一對聯：「行須緩步習馬勝之威儀，語要低聲學波離之軌範」，這正是教導修行的準則。當年我顧得生氣，沒留意這對聯，緩步低聲，現代人早欠此種威儀軌範了。

山門正在重修，從高處望去，依舊莊嚴，可惜遊人隊隊，再無當年寧靜印象。

原來永平寺已成旅遊熱點。我出了山門，不禁搖頭暗歎。它最具幽玄風神的時候，我不懂得領略，等到我已懂得欣賞，它卻改變了，世事就往往如此。

三十三年後重訪，俱往矣。就只好洗去年少無知的憤怨，留住當年禪房冷寂的感覺，成一頁無聲紀錄。

【賞析】

熟悉旅遊地點的文化傳統，可以從實景印證歷史的痕跡或變遷，但也可能先入為主，全程只想看到預設的印象。〈意筆寫江南〉寫江南見聞，每每憶及傳統文化，勝在穿梭古今之美之餘，卻不至為它遮蔽了對人間日常的觀察。文中描述自己觀賞崑劇《牡丹亭》，擔心其細緻之美難為現代人承接，「所謂時代節拍的喧嘩，使這優美高雅的藝術，回生無證」。而小思描寫江南地景時，亦不忘嵌入前人詩句，例如「春風十里揚州路，這裏總沒辜負遠道而來的訪客」（前句出自杜牧〈贈別二首·其一〉）、「我沒追問二十四橋還在否，蓮花橋影已深深淺淺印在遊人的笑臉上，印在心間」（第一句化用自姜夔〈揚州慢〉）。小思顯然有意以現實觀察印證古典印象，然而她也不忘跳出傳統的美感規範，直視人間日常。小思寫遊覽用

直，先引用杜荀鶴的詩句「人家盡枕河」和「水巷小橋多」，凸顯水鄉美景，然後筆鋒一轉：「婦人蹲在堤階洗刷馬桶 —— 是，是馬桶，家家戶戶都把洗得乾淨、雕花細緻的木馬桶放在門外曬，還伴着紮作也精巧的瘦長竹刷子。」為甚麼要加上「 —— 是，是馬桶」，把話再說一遍呢？從小河到馬桶，美感的距離太遠了，稍稍停頓、重申，正好讓讀者喘一口氣，迎來現實的驚喜（驚嚇？）。其實小思珍視的傳統，常常跟庶民生活有關。她讚美自宋代留存至今的豐橋，因為它一直支撐起人民的日常生活；對於為遊客而設的仿古建築，她卻毫無興趣。傳統祠堂被燒，她感到痛心；留下的祠堂成了輕工業加工工場，她只淡淡地說：「那就是生活」。對她來說，庶民的生活空間才是最可貴的。

　　對庶民的重視，令小思寫黃山之行的角度也異於一般遊記。寫遊記，多少會旁及寫景，〈挑山工仍在〉卻把焦點放在挑山工身上，取材獨特 —— 然而，與其說這是出於自覺的寫作技巧，毋寧說是出於作者的慈悲。挑山工是指替遊客、酒店搬運重物的工人，小思對他們的描寫相當細緻，例如這一段：「那些人，低下頭咬緊牙關露了頸肩青筋，停步時抬起頭，才讓人看見宛如刀刻的顏面，汗水濕透反映出異樣的光亮。」每一吋肌膚，都蘊含了勞動的艱辛和力量。抬頭的動作看似簡單，但也隱藏了千言萬語 —— 唯有休息的時候，他才有力量暫時把那沉重的頭抬起。對於表情，小思也寫得精準：「生的艱辛，沒有表情的表情。」當身體疲累不堪，情感也隨之變鈍，還能擺出甚麼表情？文章結尾，更隱隱表現了遊客的歉咎：「依舊聽見沉沉的呼吸聲，依舊要側身讓路。他們挑着可樂啤酒、建築物料，竟然還有扛着大大一個浴缸，步步隱沒在煙雨之中。」遊客與挑山工走在同一條路上，擦身而過，豈能無動於衷？小思沒有在此直接抒情，只是抓住深刻的畫面和聲音來暗示悲憫。挑山工為了供旅客在酒店暫居享樂，辛苦運送，自己卻無緣一起欣賞煙雨美景。

小思的民族感情深厚，寫中國遊記時有點隱惡揚善，偶爾面對陰暗面，也是悲憫多於批判。當她寫歐洲——特別是蘇聯的時候，批判往往辛辣多了，〈且說蘇杭〉就是一例。小思當年認為，蘇聯是對中國構成最大威脅的國家之一，所以她在遊記中流露的態度也跟民族情感有關。從遊記寫作的方面來看，〈且說蘇航〉的啟示也像〈挑山工仍在〉一樣，在於開拓景點以外的角度。我們旅行時，花在交通、住宿的時間往往比景點更多，但很多遊記都對此視而不見。〈且說蘇航〉寫在蘇聯搭機的不快經驗，毫不留情。第一次，飛機不設劃位，她被蜂擁爭位的乘客嚇壞。第二次，匆匆爭得好位置，卻被要求讓給高官。第三次，被海關的馬虎嚇壞：「三個海關人員埋頭談笑，面前檢查行李的透視鏡螢幕也沒開，只偶然抬頭看面前旅客，就讓我們通過了。」第四次，飛機突然宣佈誤點，但此後再無英語廣播更新情況，使得人心惶惶。「更多人擠到玻璃屏牆旁邊，坐着臥着，碰撞之間，吵罵聲不絕於耳。漫漫三四個鐘頭，長得就好像永遠沒過去。最外圍的人坐在行李上垂頭喪氣，還有一個不明國籍的男人拿着酒瓶，東歪西倒地吵鬧。」小思最後始終沒有等到英語廣播，還幾乎被人潮沖散，與團友失散。難怪當她看到團友向她揮手時，慨歎彷如隔世。文中沒有浮誇的美景，沒有虛偽的同情，讀來只有真實又帶點荒謬的趣味。

旅遊不總是愉快的，期待與落空往往是值得發揮的題材。小思年輕時曾到日本永平寺禪修，並在一九七五年和二〇〇六年兩度書寫此事，視角卻不太一樣。〈本來這個不須尋〉中，小思本來對面壁禪修滿心期待，親身體驗後卻覺不如想像。誦經也好，坐禪也好，似乎都沒有教會她禪心：「我眼睜睜看住壁上條條木紋，細心聽着和尚執戒板打在別人肩上的聲響。」如此細膩地抓住視聽印象，不是要炫耀甚麼感官描寫的技巧，而是坐禪時分心的表現。對於棒打，小思只有恐懼，「盤算戒板打下來的痛楚」；即使後來發覺打得不重，仍想離去。凌晨赤足走過依山而築的木長

廊,只覺「冰冷像千萬口小針」。寺廟安排的活動,顯然令她相當不快,也毫無得着。不過,在文章結尾,作者從大雄寶殿裏向外張望,滴水晨光,鳥鳴苔印,似乎教她從中悟道:「一切生命自黎明昇起,我有着觀照自身的明徹,悠然站起來,不再打坐,走向高大的殿門之外。」禪寺沒有直接教會她禪理,禪寺外的生機卻讓她體驗到了。換言之,這篇文章的結構是從期待到落空,兜兜轉轉,又以另一種方式滿足了原先的期待。

〈重訪永平寺〉在三十年後重述此事,視角不太一樣,箇中差異看似微小,卻值得深思。文章分上下兩篇,上篇憶述當日感受,看起來比舊作〈本來這個不須尋〉的語調憤怒多了。比如坐禪時悟不到甚麼,舊作還自承「許是沒有慧根,許是塵緣未了」,語調比較客氣,新作卻坦言這兩小時「最痛苦」;凌晨赤足上山,舊作只描寫冷寒刺骨,新作卻直道憤怒:「到了大殿,我的腿腳早已麻木,梵音鼓磬,竟掩不住滿心憤怨。」結尾寫同行者的反應,令人莞爾:「出了山門,年輕人盡情呱呱大叫。問起昨夜面壁時沉思甚麼,男孩子說:我想盡所有懂得的粗言穢語。」而舊作結尾的悟道,在此則絕口不提。回憶不一定可靠,但這個版本讀起來比較可親。沒有道理,卻更見青年的感受和趣味。〈重訪永平寺〉上篇以懺悔的語氣回憶此事,下篇則自述三十三年後學會沉默,決定重訪永平寺,沒想到它已成了旅遊景點,大失所望。參拜的人龍不顧戒律,大聲講話,寺廟不復當年的寧靜。當小思不再年少輕狂,心境足以領會當日禪意,卻一切都錯過了。由期待到落空,再重頭來過,還是落空。小思終究沒能在這裏領會禪意,但這也許更接近於「道」——誰說文章結尾一定會大徹大悟呢?

總括而言,傳統文化的知識與現實觀察結合,可以增添旅行書寫的層次。除了景點外,旅遊過程牽涉的交通、旅館等等,全是值得發揮的題材。如果旅行就是探索的過程,那麼最終得到了感悟,或始終得不到感悟,都是可能的結局,下筆時不必被單一的結構綁住。(陳)

十四、香港故事
——書寫我城

【題解】

　　久居香港，多少會對這個城市產生感情。那不一定是旅遊廣告般一面倒的「我愛香港」，而可能是又愛又恨，有歡呼也有歎息，包含着更多複雜的情緒。每個城市都有它獨有的氣息，身處其中，習慣、興趣、觀念也多少會受其薰陶。我們寫作時，即使不以香港為主題，仍然會不自覺地挪用了香港的經驗和視角。既然如此，我們何不回頭端詳這個生我育我的城市，用文字好好回饋它、保育它？我們可以鳥瞰整座城市的輪廓，追問它的前世今生，也可以從一條街、一個地區着手。書寫我城，要有自己的經驗和角度；疊印、對比他人的印象，我城就成了複數，疊印成我們的城。

　　小思的散文一向充滿香港情懷，《香港故事》、《香港家書》、《思香·世代》更直接以香港為題。本輯共選文五篇，展示了書寫香港的不同入口。〈香港故事〉、〈街景〉、〈春秧街〉，都發表於《星島日報》的「七好文集」專欄（一九九一年十二月十七日、一九七八年八月九日、一九九三年三月十八日）。〈香港故事〉是香港故事的概覽，其餘兩篇則集中寫一條街，以或遠或近的鏡頭留住我城。〈我的灣仔太小了〉發表於《明報》的

「一瞥心思」專欄（二〇一一年一月二十九日），比對自己和他人眼中的灣仔，揭示了地區記憶的私密性。〈一堵奇異的高牆〉選自《香港文學散步》（第三次修訂本）（商務印書館〔香港〕有限公司，二〇一九年），寫作者走過奧卑利街監獄舊址的牆外，遙想前人的經歷和詩作，打通自己和前人的記憶。我城，也可以是我們的城。

【文本】

香港故事

香港，一個身世十分朦朧的城市！

身世朦朧，大概來自一股歷史悲情。迴避，是忘記悲情的良方。如果我們説香港人沒有歷史感，這句話不一定包含貶斥的意思。路過宋皇臺公園，看見那塊有點呆頭呆腦的方塊石，很難想像七百多年前，那大得可以站上幾個人的巨石樣子，自然更無法聯想宋朝末代小皇帝，站在那兒臨海飲泣的故事了。

香港，沒有時間回頭關注過去的身世，她只有努力朝向前方，緊緊追隨着世界大流適應急劇的新陳代謝，這是她的生命節奏。好些老香港，離開這都市一段短時期，再回來，往往會站在原來熟悉的街頭無所適從，有時還得像個異鄉人一般向人問路，因為還算不上舊的樓房已被拆掉，甚麼後現代主義的建築及高架天橋全現在眼前，一切景物變得如此陌生新鮮。

身為土生土長的香港人，我常常想總結一下香港人的個性和特色，以便向遠方友人介紹，可是，做起來原本並不容易，也許是她的多變，

也許是每當仔細想起她，我就會陷入濃烈的感情魔網中……愛恨很不分明。只要提起我童年生命背景的灣仔，就可説明這種愛恨交纏的境況。

說灣仔是一個與海爭地的舊區，並不過分，因她大部分土地都是從海奪過來的，老街坊站在軒尼詩道上，就會咀嚼着滄海桑田的滋味。當初在填海土地上建成的房子已經殘舊，給人一幢一幢拆掉，代替的是更高更遮天的大廈。偶然一座不知何故可以苟延殘喘夾在新大廈中間的舊樓，寒傖得叫人淒酸。有時，我寧願它也趕快被拆掉，可是，又會慶幸它的存在，正好牽繫着我的童年回憶。洛克道、謝菲道，曾經是有名的煙花之地，自從那蘇絲黃故事出現之後，灣仔這個名字，在許多外國浪子心中，引起無數蠱惑聯想。每逢維多利亞港口停泊着外國艦隻時，我就很怕人家提起灣仔。我曾經厭惡自己生長在這個老區，但別人説她的不是，我又會非常生氣，甚至不顧一切為她辯護。在回憶裏，儘管是尋常街巷，都帶溫馨。現在，灣仔已經面目全新了，新型的酒店商廈，給予她另一種華麗生命。我本該為她高興才對，但隨着她容貌個性的變易，彷彿連我的童年記憶也逐漸褪色，灣仔已經變得一切與我無干了。

文化，是一座城市的個性所在。香港的個性呢？有人説她中西交匯，有人説她是個沙漠。是豐腴多彩？還是乾枯苦澀？應該如何描繪她？可惜，從來沒有一個心思細密的丹青妙手，為她逼真造像。文化沙漠，倒是人人叫得響亮，一叫幾十年，好像理所當然似的，也沒有人認真地查根究柢。難道幾百萬人就活在一片荒漠上麼。多少年來，南來北往的過客，雖然未嘗以此為家，畢竟留下許多開墾的痕跡，假如她到如今還是荒蕪，那又該由誰來負責呢？這樣說罷，香港的文化個性也很朦朧，不同文化背景的人為她添上一草一木，結果形成奇異園地。西方人來，想從她身上找尋東方特質，中國人來，又稍嫌她洋化，我們自己呢？一時說不清，只好順水推舟，昂起頭來接受了「中西文化交流中心」的稱譽，又逆來順受人

云亦云的承認了「文化沙漠」的惡名。只求生存，一切不在乎，香港就這樣成為許多人矚目的城市了。

不知不覺，無聲歲月流逝。驀然，我們這一代人發現，自己的生命與香港的生命，變得難解難分。離她而去的，在異地風霜裏，就不禁惦念着這地方曾有的護蔭。而留下來的，也不得不從頭細看這撫我育我的土地；於是，一切都變得很在乎。但，沒有時間回頭關注過去的身世了，前面還有漫漫長路要走。

遠方朋友到香港來，我總喜歡帶他們到太平山頂看香港夜景。不是為了旅遊廣告的宣傳：「億萬金元巨製的堂堂燈火」，而是 —— 乘纜車上山，我們不能不注意那種特殊感覺。車子自山下啟程，人坐在車廂裏，背靠着椅子，必須回過頭來看山下的景物。在一種要把人往下吸拉的力度中，就看見沿途的建築物都傾斜了，儘管我們不自覺地調校了坐姿，把視線與建築物平行起來，但其實我們是用傾斜角度看山下一切。到了終站，當滿城燈火在我們腳下時，我往往保持沉默。可以用甚麼語言來描述香港呢？倒不如就讓在黑夜中顯得十分璀燦的人間燈火去說明好了。說實話，我也正沉醉在過客的嘖嘖稱奇中。

香港的夜景風光，最為耐人尋味。層層疊疊深深淺淺的閃爍，演成無盡的層次感。我總愛半瞇着眼睛看山上山下的燈光，就如一幅迷錦亂繡。正因看不真切，那才迷人。過客也不必深究，這場燈火景致，永留心中，那就足夠記住香港了。

我常對朋友說，香港既是一個朦朧之城，生長其中的人，自當也具備這種朦朧個性。香港人不容易讓人理解，因為我們自己也無法說得清楚。生於斯長於斯，血脈相連着，我們已經與香港訂下一種愛恨交纏的關係。對於她，我們有時很驕傲，有時很自卑，這矛盾纏成不解之結，就是遠遠離她而去的人，還會時在心頭。

傾城之戀，朦朧而纏綿，這是香港與香港人的故事。

街景

這是條差不多可以說沒有陽光的街。

很狹窄，兩邊店舖大概為了擋雨，或甚麼其他原因而架起來的篷帳，使陽光遠離。白天，店裏的燈光，依舊很亮。

小時候，跟母親上街，只要是買布，就一定到這街去。對它，沒有好感。印象中，有許多花布，許多人，討價還價的聲音混成一團，很吵但又很朦朧，沒有別的有趣東西可看，大人總纏上老半天不肯走，待着待着，小孩子就不耐煩了。

很久，很久沒有走過這條街。

最近一兩年，每星期總會路經一次。

還是很多花布，店裏燈光仍燦然，但店員都閒閒的，站在門外，遇上放慢腳步，帶着購物神色的人，就朗聲招呼：「要買甚麼？進來看看！」如果看到分明是個過路客，他們會繼續那些未完的話題——每星期經過，總聽見他們談着最熱門的時事或世界大事。

路很狹窄，門對門的都是同行，似乎卻沒有敵國的意味。售貨員，老的少的，多站在門外，就像幾個老朋友，站在弄堂裏閒聊。同一個話題，往往是兩間店的人都開腔。不止一次，好奇地想：長年累月站在門外，他們哪裏來談個不休的興致？

挑着擔子的小販，大概會定時出現。小販賣橘子的那天，便看見站在門外的人，多在吃橘子……有時，又來了賣花生米的，就會看見店員一把一把地吃花生米。這通常是下午四五點鐘的街景，不知道他們上午怎樣子熱鬧過活。

走進這街，我一定用很匆忙的腳步。有一回，偶爾，慢了些，而又不自覺往擺着的布匹望上一兩眼，就連累一個年輕店員趕忙吞下正吃着的東西，迎上來招呼。

現在作興叫甚麼名店街，比較起來，總不夠這花布街樸實和具地方色彩。

春秧街

春秧街，這樣裸露着，這樣陌生，我完全忘記了，這才是它原來的面貌。

經過多少歲月，它由一條街，一條電車路，變成一個菜市場，一個有車輛駛入的行人專用區？

乾貨濕貨的攤子立在兩旁，固定攤檔外，還加臨時小攤，強橫霸道，中間的電車軌常常給人遺忘了。微妙的地方就在這裏，這不是個法定行人專用區，但私家車絕少駛進來，送貨的貨車偶然進來，電車卻按時按班駛進來。龐然的電車，幾乎逐寸向前挪移，買菜的男男女女，老老幼幼，「感覺」電車駛近，就把身子一側，僅可容寸，電車自他們背後緩緩 —— 緩緩的路過，一切如此相安無事，遂成春秧街的一種風光。

說乾濕貨攤子分立兩旁，也不十分準確，真正的濕貨 —— 水汪汪的魚攤，設在街的快盡頭，電車轉彎快到北角總站附近。魚攤多在晚市時分擺設。大鯇魚給刀切分半，仍偶然掙扎暴跳，甚麼不知名的魚，也作最後喘躍，噠噠濺得買者一身一臉，退後一步，踩着後邊看者一腳，哎吔！好新鮮。沒有說對不起，又沒有誰生氣，那是魚的問題。

至於沿街那一檔雞蛋比另一檔的雞蛋會好些，同是賣蔬菜的，甲老闆娘比乙老闆娘更愛罵人，街頭生果檔價錢較老實，那一攤是福建小食專

門，甚至阿丙水果攤上養着的幾隻彩鳳吵得很 —— 春秧街老主顧都心裏有數。

一九九三年三月一日開始，各式攤子要遷到附近新建好的多層街市去了。春秧街回復了一條街、一條電車路的樣貌。幾個拎着菜籃小車的主婦，依然慣性地在街中央走着，有點若有所失的神情。

風光過後，一切變成記憶。

我的灣仔太小了

有人來訪問要我談灣仔，我怕得很，因為記憶中灣仔早已失去，老講舊灣仔，連歷史痕跡都抓不住多些，只在舊照片中，指點傷情。青年一代講甚麼藍屋、綠屋、喜帖街，對老灣仔人來說，更不是滋味，那都是新痕，我們老一輩沒資格嘮叨。

早在一九九二年，港灣道十八號的中環廣場出現，我就苦笑跟友人說「灣仔失守了！」當然，七十年代高士打道不再在海邊，一幢幢高廈建成，藝術、行政中心移到新填地來，灣仔就身份有變。等到七十八層大廈聳立，身處灣仔，竟命名「中環廣場」，這算何道理？往好處想，浙江街在九龍，比華利山在香港，顯示浙江人住在九龍不忘本，傾慕比華利山風華的人試把它重現在香港。如此推論，可作如是說：行政人念念不忘中環，移至灣仔，仍把名字帶去，標誌風光。

最近讀灣仔區議會出版的《灣仔風物誌》，才發現灣仔變大了，把大坑、銅鑼灣、跑馬地、司徒拔道等區收編進版圖。甚麼時候，灣仔把這些區都吞佔了？仔細回憶，心目中，灣仔範圍，向東不過怡和街，向西不過大佛口，向北貼近高士打道海皮，向南稍越皇后大道東到堅尼地道。這沒有官方考證，只是三四十年代老人的印象。原來，灣仔富起來，大起來

了，可是已非本來面貌。翻閱該書，像讀一本陌生人照片冊，吃喝玩樂、毫無故人感情，完全非我的灣仔。

我的灣仔太小，濃縮得只有幾條街，幾十列唐樓。十數所學校、一個修頓球場、幾間戲院、兩座殯儀館、百家店舖、茶樓、大牌檔、街市……柴米油鹽醬醋茶，街坊閒話，人情足以跨街越巷。

我的灣仔，是濃縮版的。

一堵奇異的高牆

那是一堵奇異的圍牆！每一次經過奧卑利街的時候，我總這樣想。

灰色為主，卻顯得斑駁的高牆，它的結構很特別：一種特殊的圖案，較低部分用石塊，較高部用磚頭，另外又有一塊補上水泥。背後的民居比它高，但在視覺上，它仍然很高、很冷，也許，因為沒有窗，完完全全封閉式，再加上一道大鐵門，把外間一切都擋開了。在中環這個繁榮心臟裏，它顯得很不協調。域多利拘留所，現在拘留着些甚麼人呢？我並不知道。

一九四二年的春天，日本人把詩人戴望舒困在裏面，讀過戴詩的人，都會記得。在這堵高牆裏面，一個小牢裏，詩人在暗黑潮濕中寫下那首著名的《獄中題壁》，表達了在酷刑後仍不屈的志氣，和深深的仇恨。域多利監獄，從此，永留在詩裏。

一九四一年十二月，香港淪陷，一向支持宣傳抗日的戴望舒沒有及時逃離香港，很快就落在日本人手裏了。受了多少苦，身體殘損了，他在詩裏曾有這樣的記錄：「塚地只兩步遠近，我知道 / 安然佔六尺黃土，蓋六尺青草； / 可是這兒也沒有甚麼大不同， / 在這陰濕、窒息的窄籠： / 做白蝨的巢穴，做泔腳缸， / 讓腳氣慢慢延伸到小腹上， / 做柔道的呆對

手，劍術的靶子，/從口鼻一齊喝水，然後給踩肚子，/膝頭壓在尖釘上，磚頭墊在腳踵上，/聽鞭子在皮骨上舞，做飛機在樑上盪……」摣打、灌水、跪鐵釘、抽皮鞭、吊飛機，這些酷刑，他受過了，但他仍沒有屈服——他的心受磨煉，「在那裏，熾烈地燃燒着悲憤。」他忘不了無限的江山，他說：「我用殘損的手掌/摸索這廣大的土地：」……「手指沾了血和灰，手掌黏了陰暗，/只有那遼遠的一角依然完整，/溫暖，明朗，堅固而蓬勃生春。/……我把全部的力量運在手掌/貼在上面，寄與愛和一切希望，/因為只有那裏是太陽，是春……那裏，永恆的中國！」在以後的三年零八個月的淪陷區生活裏，儘管他已離開那堵奇異的圍牆，但卻離不開香港，於是，他張大眼睛，苦苦地、耐心地等待，等待朋友的回來！

那堵奇異的牆，足可以做個見證：詩人在敵人掌握中，怎樣度過那艱難的歲月。我們，生活在和平而繁華的日子裏的人，匆匆在那高牆外走過，有多少能捕捉當年的真實？有多少能體味透滲骨髓的沉哀？

從堅道走下來，或者從中環走上去，路過奧卑利街，別忘記細看那一堵奇異而高的圍牆！

【賞析】

欣賞小思筆下的香港故事，自然要從她的名篇〈香港故事〉說起。題目範圍這麼大，該怎麼切入？整篇文章以「朦朧」來概括香港的不同面向，開筆先講身世，但繞過繁瑣的歷史，從「沒有歷史感」說起。小思一反原話的貶義，點出這並不代表無情，反而是「忘記悲情」。文中只提及南宋末代皇帝在宋王臺飲泣的故事，但略知香港現代史的讀者，自然會想起更多流遷的傷口。身世朦朧，連地貌的記憶也朦朧。沒有歷史感的城

市，不斷拆卸舊樓，老香港回來會淪為異鄉人，定居者也感到陌生。例如小思在灣仔長大，昔日在此屢見煙花之地，曾感厭惡，但又會為別人對灣仔的指摘辯護，並慨歎填海、拆卸令「童年記憶也逐漸褪色」。如此矛盾，可說是又愛又恨。肉身朦朧，連文化也朦朧。小思反駁「文化沙漠」之嘲，指出香港的特性在於不中不西的異質，但又承認香港人也對此「說不清」，「一切不在乎」。即使隨着時間推移，她那一代人開始感到自己與香港血肉相連，「不得不從頭細看」，但「沒有時間回頭關注過去的身世了，前面還有漫漫長路要走」，身世依舊朦朧。寫了這麼多，小思終於承認自己也無法說清，所以帶旅港友人從太平山頂俯瞰時，「往往保持沉默」，又覺山下燈光「正因看不真切，那才迷人」。人與城血肉相連，個性也一樣朦朧。朦朧本來不是褒義，小思卻用它點出香港的可愛之處。文章以一個關鍵詞貫穿香港不同面向，涵蓋了歷史、空間、文化和人民，鳥瞰時又不時穿插個人經驗，形成有情的地圖。

小思曾在一篇散文裏說過：「愛一座城市，從愛一條街開始。」書寫香港，也可以由此開始。〈街景〉寫出了花布街的今昔變化，有畫面，有聲音，更重要的是有人味。文章先點出兩邊店舖的篷帳攔住了陽光——以為店裏都很暗？剛好相反：「白天，店裏的燈光，依舊很亮。」光影的對照令人印象深刻，聲音則暗示了人流：「討價還價的聲音混成一團，很吵但又很朦朧」。多年後路過這裏，燈光依舊，卻聽不到人討價還價了，店員老在閒閒地討論時事。小思兒時只覺店裏人多很討厭，長大後卻對相鄰兩店的店員交談感到好奇：「長年累月站在門外，他們哪裏來談個不休的興致？」她還發現，當日小販擺賣甚麼，門外的店員便吃着甚麼。店裏冷清，反而令街景變得充滿人味。

同樣寫一條街的變化，〈春秧街〉更着重昔日面貌，寫出了市民在一個奇特的空間中的默契。文章一開筆，就先聲奪人：「春秧街，這樣裸露

着，這樣陌生，我完全忘記了，這才是它原來的面貌」。「裸露」通常形容身體，挪用來形容「街道」，就顯得新奇。說是「陌生」，卻非變成全新的面貌，而是回復了上一次改變前的樣子。這樣描寫，凸顯了城市變化對記憶的塗抹。而春秧街也像〈街景〉中的花布街，人的默契最動人了。這裏看似是行人專用區，卻有電車準時駛進，買菜的人也不以為忤，「把身子一側，僅可容寸，電車自他們背後緩緩 —— 緩緩的路過，一切如此相安無事」。如此驚險的場面，卻是顧客日常，足見日日如此，早成習慣。魚攤外也充滿默契：「甚麼不知名的魚，也作最後喘躍，噠噠濺得買者一身一臉，退後一步，踩着後邊看者一腳，哎吔！好新鮮。沒有說對不起，又沒有誰生氣，那是魚的問題。」在魚的活祭前，人樂意保持一點寬容。沿街店舖有甚麼好壞，「老主顧都心裏有數」。正因人人有此默契，攤檔遷徙才令人唏噓：「幾個拎着菜籃小車的主婦，依然慣性地在街中央走着，有點若有所失的神情。」街景不再，身體的記憶卻留下來了。

城市記憶有時候是私人的，〈我的灣仔太小了〉便寫出了一個社區的私人版本 ——「我的灣仔」，跟別人的灣仔就是不同。青年一代眼中的灣仔地標，小思只覺「不是滋味」。一九九二年灣仔的新建築物落成，命名為「中環廣場」，小思覺得不慣，更笑言：「灣仔失守了！」因為對她來說，中環應該屬於另一個地區。小思看到灣仔區議會出版的《灣仔風物誌》，更驚覺彼此對灣仔的劃界完全不同，對方把大坑、銅鑼灣、跑馬地、司徒拔道等區放進版圖，小思形容為「吞佔」，足其內心之抗拒；而書中只記吃喝玩樂，也跟她記憶中充滿人情味的灣仔完全不同。小思只好慨歎：「我的灣仔太小，濃縮得只有幾條街」，以及裏面的種種個人記憶。我們對社區的個人記憶，也往往以生活範圍為中心，異於求全的地圖。當我們書寫社區，不妨對照地圖和旅遊介紹，必有所獲。

〈我的灣仔太小了〉以個人記憶抗拒他人的版本，〈一堵奇異的高牆〉

則努力投入前人的處境和情感。文章原載《香港文學散步》，後者啟發了不少活動（例如「香港文學研究中心」舉辦的「香港文學散步」）和創作（例如陳智德的《地文誌》，以及樊善標、馬輝洪、鄒芷茵合編的《疊印：漫步香港文學地景》）。所謂「香港文學散步」，就是跟隨作家在香港的足跡，進入他的生命；形諸創作，則是結合前人在香港的經歷、作品，以及自己的考察、隨感，撰成文章。〈一堵奇異的高牆〉書寫域多利拘留所和詩人戴望舒，但她書寫前無法入內考察，只好把描寫留在牆上，遙想裏面的光景。文中大量引用了戴望舒的詩句，側寫了他被日本人困於獄中的生活和不屈的心境。小思無法進入拘留所內考察，本來為書寫帶來局限，但這種隔絕的狀態，不是有點像詩人當日的處境嗎？另一方面，牆內外的距離帶來了好奇與自省：「我們，生活在和平而繁華的日子裏的人，匆匆在那高牆外走過，有多少能捕捉當年的真實？有多少能體味透滲骨髓的沉哀？」現今域多利拘留所已經改建成藝術館「大館」，其中一個監倉以剪影呈現戴望舒的獄中詩句。如果我們視察這個變得舒適的旅遊、文藝空間，感受很可能跟戴望舒和小思完全不同 —— 寫下來吧，這也是與前人對話的方式。

　　總括而言，我們書寫香港，可以在鳥瞰中穿插微觀的個人記憶，也可以乾脆從小處（一個社區、一條街，甚至更小的空間）着墨。書寫個人經驗之餘，也可以從他人的記憶、書寫中尋找共鳴或差異。(陳)

後記
——後來的星空

十多年前的一個上午，小思老師打電話給我，只說了一句話：「你在報紙上寫的，我讀了。」當時我剛剛開始發表文章，一切尚在摸索，老師不加褒貶，我反而更加心虛。不過，轉念又明白了話裏的寬容和鼓勵，那就像在寂靜的路上盲頭亂撞，突然聽到先行者在遠處跟你說一聲「嗨」。我可沒想到，多年後有幸與樊善標老師合編這本散文集，彷彿後知後覺地大聲回喊：老師！

當然，小思老師早就是散文名家了，選本不少，讀者無數，我們再編一本，會否只是換湯不換藥？過往選本大多按主題分冊或分輯，有時候輔以背景資料和內容闡析，以便導引讀者重回歷史現場，掌握作者思路。這種編輯方式無疑有助傳遞散文的思想內容，而本書嘗試另闢門徑，着重展現小思老師的寫作技巧，以供文學愛好者參考。我一直相信，閱讀有助吸收寫作的養分，寫作也會刺激閱讀的興趣，互相結合，才是最自然而理想的文學生態。

驟眼看來，小思老師的散文質樸，並非典型的寫作範文，除了部分比較明顯的寫作實驗（不少可見於《彤雲箋》），少見華麗的修辭或刁鑽的敘述方式。然而，只要細心閱讀，仍會發現不少微妙的處理，而她那不鋪

張的風格和技巧，恰恰最值得寫作人參考。學校裏便於批改打分的作文技巧，畢竟比較着跡，尚未窮盡寫作藝術的一切幽微的可能。

我們不打算兼顧散文寫作教材裏所有現成的課題，然後硬套範文，寧願相體裁衣，既要展現小思老師的散文特色，又要從中展現不同課題的多種寫法。本書涵蓋了部分常見的散文主題（抒情、說理）、素材（人物、回憶）、下筆前的醞釀和延伸（觀察），以及寫法（選材、結構、文字處理）。此外，部分課題未必為一般散文寫作教材所涵蓋，如閱讀隨筆、本地及旅行書寫，都是小思老師的絕活，對寫作者充滿啟發，故此各佔一輯。

本書屬於「中學生文學精讀」系列，預設讀者自然包括了中學生。小思老師的散文大多在專欄誕生，千字以內，與學校作文篇幅相若，便於學生吸收、模仿，再轉化出自己的面貌。另一方面，小思老師的散文雅俗共賞，理應可以打動、刺激不同年齡和程度的讀者。我和樊老師撰寫賞析時，也期望能啟發一般文學愛好者。至於成效如何，就留給讀者判斷了。基於本書定位，我們未有花太多時間考掘文獻，選文出處皆依據李薇婷小姐的〈盧瑋鑾（小思）的香港文學考掘學〉附錄「盧瑋鑾（小思）著作目錄」（此文為香港中文大學中國語言及文學學部哲學碩士論文），謹此致謝。

編輯本書的過程，可說是誠惶誠恐，畢竟合編者和作者都是我的老師 —— 我有幸上過小思老師退休前的新科目「香港文學專題：文學與影像比讀」，又曾在樊老師的指導下完成了碩士和博士論文。若非為了統一體例，我斷然不敢在本書的賞析中直呼他們的姓名。樊老師自己，大概也上過小思老師的課。本書從撰寫到編輯，疊印了三代人的聲音，當它傳到更年輕的讀者手中，又多了一代。本書所選的散文，最早發表於一九六九年，越過五十年的距離送到讀者手中，會有新火花嗎？

小思老師一直像她的文字般充滿活力，今年正值她八十大壽，我們謹

以此小書權充小小的賀禮。老師一向珍視文化和情感的傳承，我期望本書有助打破時間的隔閡，讓有心人為昔日的星光目眩、出神，然後驚覺自己身處的世界原來一直如此新奇。

這一雙雙好奇的眼睛，後來都成為了星空。

陳子謙

二〇一九年八月二十三日